겨울 왕국

안데르센 단편선

겨울 왕국

안데르센 단편선

한스 크리스티안 안데르센 지음 | 임헌관 옮김

더클래식

차례

눈의 여왕

첫 번째 이야기

거울과 거울 조각

자, 그러면 이제 시작해 봅시다. 이야기가 끝날 때, 우리가 지금 알고 있는 것보다 더 많은 사실을 알게 될 겁니다. 이제 이야기를 시작하겠습니다.

옛날 옛적에 사악한 요정이 있었습니다. 그는 모든 요정들 중에서도 가장 짓궂었습니다. 어느 날 그는 아주 기분이 좋았습니다. 왜냐하면 거울 속에 비춰지는 착하고 아름다운 모든 것들을 나쁘고 고약하게 보이게 하는 힘을 가진 마법의 거울을 만들었기 때문입니다. 그 거울은 쓸모없는 것과 흉측한 것을 확대시키고 한층 더 추하게 보이도록 만들었습니다. 이 마력의 거울 속에서는 가장 아름다운 경치가 삶아 놓은 시금치처럼 보였습니다. 아무리 멋있고 착한 사람들도 무서운 괴물처럼 보이거나, 몸통 없이 머리를 대고 거꾸로 서 있는 것처럼 보였습니다. 그들의 얼굴은 너무나 일그러져 알아볼 수 없었습니다. 그리고 주근깨 하나만 있어도 코와 입까지 다 퍼져 결국에는 주근깨 투성이로 보였습니다.

악마는 정말로 재미있다며 즐거워했습니다. 어떤 사람의 마음에 착한 생각이 스쳐 가면, 히죽거리는 모습으로 거울에 나타났습니다. 그러면 악마는 자기의 똘똘한 발명품을 보며 배꼽 잡고 웃었습니다. 악마는 학교를 운영하고 있었는데, 그의 학교에 다니는 모든 꼬마 악마들은 기적이 일어났다고 말했습니다. 그리고 이제야 인간들이 처음으로 자신과 세상이 어떻게 생겼는지 볼 수 있다고 생각했습니다. 꼬마 악마들은 마력의 거울을 가지고 여기저기 뛰어다녔습니다. 그래서 결국에는 거울 속에서 일그러져 보이지 않는 나라나 사람은 없었습니다.

결국 악마들은 하늘로 날아올라 그곳에서 천사들과 신에게 장난을 칠 수 있을 거라고 생각했습니다. 거울을 가지고 더욱더 높이 날아올라 갈수록, 거울이 점점 미끄러워져 꼬마 악마들은 단단히 거울을 잡고 있을 수가 없었습니다. 꼬마 악마들은 계속 더 높이 날아올라, 점점 별들에게 가까워졌습니다. 그때 거울이 격렬하게 흔들리더니 꼬마 악마들의 손에서 벗어나 땅으로 떨어졌습니다. 그리고 땅에서 수억 조각 이상으로 깨졌습니다. 거울이 깨지자 이전보다 더 큰 불행이 찾아왔습니다. 마법의 거울은 전보다 훨씬 더 많은 악을 행했습니다. 왜냐하면 몇몇 거울 조각들은 모래 알갱이보다도 작았고, 그 조각들은 넓은 세상을 마음껏 날아다녔습니다. 거울 조각들이 사람의 눈에 들어가면 눈 속에 남았습니다. 그러면 사람들은 모든 것을 왜곡되게 보거나, 사악한 것만 보는 눈을 갖게 되었습니다. 이러한 일은 아무리 작은 거울 조각도 원래의 거울이 갖고 있던 똑같은 성질과 힘이 남아 있기 때문입니다. 혹시 누군가의 가슴에 거울 조각이 박힌다면 심장이 꽁꽁 얼어 차가워지기 때문에 끔찍한 일이 아닐 수 없었습니다. 몇몇 깨진 거울 조각들은 매우 커서 창유리로도 사용되었습니다. 하지만 그 창유리를 통해서는 친구도 볼 수 없었습니다. 다른 조각들은 안경 속에도 들어갔습니다. 사람들이 올바르게 보려고 그 안경을 쓰는 것은 슬픈 일이었습니다. 그러면 사악한 악마는 거의 숨이 넘어갈 때까지 웃어 댔습니다. 왜냐하면 이 모든 것이 그의 마음에 쏙 들었기 때문입니다. 아주 미세한 거울 조각들은 여전히 공기 속에 남아 이곳저곳을 날아다니고 있습니다.

자, 이제 다음에 무슨 일이 일어났는지 듣게 될 겁니다.

두 번째 이야기

어린 남자아이와 어린 여자아이

큰 도시에는 너무 많은 집과 너무 많은 사람들이 있어서 작은 정원을 가꿀 수 있는 공간이 없었습니다. 그래서 도시에 사는 대부분의 사람이 화분에 꽃나무를 심는 것에 만족해야 했습니다. 어느 도시에 화분보다 약간 큰 정원을 가진 두 명의 어린아이가 살았습니다. 둘은 마치 친남매처럼 서로를 좋아했습니다. 그들의 부모들은 각자의 집 반대쪽, 두 개의 다락방에 살았습니다. 한 집의 지붕은 반대쪽의 지붕과 맞닿아 있었고, 처마의 물받이는 지붕 맨 끝을 따라서 달려 있었습니다. 두 집에는 각각 작은 창문이 하나씩 있었습니다. 한쪽 집의 창문에서 반대쪽 집의 창문으로 가기 위해서는 물받이를 넘어가기만 하면 되었습니다.

두 아이의 부모들은 커다란 나무 상자를 가지고 있었습니다. 거기에는 조리할 채소가 심겨 있었고 작은 장미 나무도 있었습니다. 각각의 상자에는 장미 나무 한 그루가 있었고, 장미는 멋지게 자랐습니다. 어느 날,

아이의 부모들은 한쪽 창문에서 다른 쪽 창문에 거의 맞닿도록 나무상자들을 물받이 위에 가로질러 놓았습니다. 그것은 두 개의 꽃 담벼락처럼 보였습니다. 완두콩 덩굴은 상자 위로 늘어져 있었습니다. 그리고 장미 나무의 긴 가지들은 길게 뻗어 창문 주위를 휘감아 서로 마주 보며 고개를 숙이고 있었습니다. 그것은 잎과 꽃이 만든 개선문 모양 같았습니다. 상자들은 매우 높은 곳에 있어서 아이들은 허락 없이 상자 위로 올라갈 수 없었습니다. 하지만 장미 사이에 있는 의자에 앉아 노는 것은 꽤 괜찮은 일이었습니다. 아이들은 그곳에서 즐거운 시간을 보냈습니다.

하지만 겨울에는 이런 즐거움도 끝이 났습니다. 자주 창문이 얼어붙었기 때문입니다. 아이들은 구리 동전을 난로 위에 데워서 창유리에 대고 눌렀습니다. 그러면 꽤 멋지면서 둥글고 근사하게 들여다볼 수 있는 구멍을 갖게 되었습니다. 아이들은 각자의 구멍으로 온화하고 다정한 눈빛으로 서로를 바라봤습니다. 남자아이의 이름은 '카이'이고 여자아이의 이름은 '게르다'였습니다. 여름에는 한 발짝만 건너뛰면 서로에게 다가갈 수 있었습니다. 하지만 겨울에는 먼저 긴 계단을 내려와 다시 긴 계단을 올라가야 했으며, 거센 눈보라를 뚫고 가야 만날 수 있었습니다.

어느 날, 카이의 늙은 할머니가 눈을 바라보며 말씀하셨습니다.

"저렇게 떼를 지어 다니는 것은 흰 벌들이란다."

카이가 물었습니다.

"흰 벌들 사이에도 여왕벌이 있나요?"

꿀벌들 사이에는 항상 여왕이 있다는 것을 카이는 알고 있었습니다.

할머니는 말씀하셨습니다.

"그럼, 눈의 여왕은 눈이 가장 많은 곳에서 떠돈단다. 그리고 그들 중에서도 가장 크단다. 절대로 조용히 지상에 머물지 않고 다시 검은 구름 속으로 날아올라 가지. 수많은 겨울밤에 여왕벌은 도시의 거리를 날아다니며 몰래 창문 안을 들여다본단다. 그러면 창문이 아주 멋지게 얼어붙어서 꽃처럼 보이기도 해."

두 아이들이 말했습니다.

"네, 저도 그것을 본 적이 있어요."

아이들은 할머니의 말이 사실이라고 믿었습니다.

어린 여자아이가 물었습니다.

"눈의 여왕이 이 안에도 들어올 수 있나요?"

어린 남자아이가 말했습니다.

"그녀를 들여보내기만 해 봐. 그러면 나는 그녀를 난로 위에 올려놓을 거야. 그러면 녹아 버릴 거야."

그러고 나서 할머니는 그의 머리를 쓰다듬고는 다른 이야기를 들려주었습니다.

저녁때 카이는 집으로 돌아와 옷을 벗다 말고 창가에 있는 의자에 올라가서 작은 구멍으로 밖을 내다보았습니다. 눈송이 몇 개가 떨어지고 있었고, 가장 큰 눈송이 하나가 화분 테두리 끝에 내려앉았습니다.

그 눈송이는 점점 더 커지더니 마침내 섬세하고 얇은 흰옷을 입은 젊은 여자처럼 변했습니다. 별과 같은 백만 개의 작은 눈송이로 만든, 정말 멋지고 하얀 망사로 된 옷을 입고 있었습니다. 그녀는 아주 아름답고 우아했습니다. 사실 그녀는 눈부시게 반짝이는 얼음이었습니다. 그러나 그녀는 분명히 살아 있었고, 그녀의 눈은 별처럼 빛났지만 고요함이나 평온함은 없었습니다. 그녀는 창문을 향해 고개를 끄덕이며 카이에게 오라고 손짓을 했습니다. 카이는 겁이 나 의자에서 펄쩍 뛰어내렸습니다. 그 순간에 커다란 새가 창문을 지나 날아가는 것처럼 보였습니다.

다음 날은 몹시 추웠지만, 얼마 후 눈이 녹으면서 봄이 찾아왔습니다. 태양이 비치고, 녹색의 잎이 고개를 내밀고, 제비들은 둥지를 틀었습니다. 두 어린아이는 창문을 활짝 열어 놓았고, 그 집의 꼭대기 지붕 위에는 그들만의 예쁜 정원이 다시 드러났습니다.

그해 여름에는 유난히 장미들이 아름답게 꽃을 피웠습니다. 어린 여자아이 게르다는 찬송가를 배웠는데, 그 찬송가 가사 중에는 장미에 대한 구절이 있었습니다. 노래를 부를 때마다 게르다는 자신의 장미에 대해 생각했습니다. 게르다는 카이를 위해 노래를 불렀고, 그 후 카이도 게르다와 함께 불렀습니다.

계곡에 있는 장미는

아주 향긋한 꽃을 피우고 있네.

그리고 천사들이 그곳으로 내려오네.

아이들을 맞으러.

그리고 아이들은 서로 손을 잡고 장미에 입맞춤을 하고는 맑은 햇빛을 올려다보았습니다. 그들은 그곳에서 정말로 천사들을 만난 것처럼 말했습니다. 얼마나 아름다운 여름날이었는가! 신선한 장미 숲 근처로 나오는 것이 얼마나 즐거웠던가! 장미는 절대로 꽃피우는 것을 끝낼 것처럼 보이지 않았습니다.

어느 날, 카이와 게르다는 동물과 새들로 가득 찬 그림책을 보고 있었습니다. 교회의 종탑이 5시를 알리는 그때, 갑자기 카이가 비명을 질렀습니다.

"아! 심장에 심한 통증이 느껴져. 그리고 지금 뭔가가 내 눈으로도 들어갔어!"

게르다는 팔로 카이의 목 주위를 감쌌습니다. 카이는 눈을 깜빡였지만 아무것도 보이지 않았습니다.

카이는 말했습니다.

"이제 없어졌나 봐."

그러나 그것은 없어지지 않았습니다. 카이의 눈 속에 들어간 것은 마법의 거울에서 나온 악마의 거울 조각 중 하나였습니다. 좋고 훌륭한 것들을 나쁘고 흉측하게 만들고, 사악한 것들은 더 사악하게 만들고, 작은 결점도 크게 보이게 하는 그 악마의 거울말입니다. 그런데 그 한 조각이 바로 카이의 심장에 있었습니다. 카이의 심장은 곧 얼음처럼 차갑게 변하게 될 것입니다. 그것은 더 이상 아프지 않았습니다. 그러나 여전히 그곳에 존재했습니다.

카이는 게르다에게 물었습니다.

"무엇 때문에 우는 거야? 참으로 추해 보인다. 나는 아무 문제없어."

그러더니 갑자기 소리를 질렀습니다.

"저 장미는 벌레를 먹었네! 그리고 이것 좀 봐. 이것은 완전히 휘어졌어! 이 장미들은 아주 보기 흉해! 볼품없는 화분과 똑같아!"

그러고 나서 카이는 발로 상자를 세게 걷어차더니 장미 두 송이를 뽑았습니다.

게르다가 소리쳤습니다.

"카이, 대체 뭐 하는 거야?"

카이는 게르다가 놀란 것을 알아차리고는 무서운 눈으로 노려보더니, 장미 한 송이를 더 꺾었습니다. 그리고 소중히 여기던 게르다를 남겨 두고는 창문으로 들어가 서둘러 가 버렸습니다.

그런 후에 카이는 게르다가 그림책을 가져올 때마다 어린 애들이나 보는 거라며 핀잔을 주었습니다. 그리고 할머니가 이야기를 들려주면 항상 끼어들어 "하지만……."이라며 토를 달았습니다. 게다가 틈만 나면 할머니의 안경을 쓰고 할머니 말투를 흉내 냈습니다. 카이는 할머니의 모든 것을 흉내 냈습니다. 어찌나 잘 따라 하는지 사람들은 웃음을 터뜨렸습니다. 카이는 곧 거리에 있는 모든 사람의 걸음걸이와 태도를 흉내 낼 수 있었습니다. 사람들에게 불쾌감을 주는 모든 것을 카이는 흉내 낼 줄 알았습니다. 그럴 때마다 모두들 입을 모아 말했습니다.

"저 아이는 확실히 영리해!"

하지만 그것은 카이의 눈과 심장에 박힌 거울 조각이 시킨 일이었습니다. 카이에게 성심성의를 다하는 어린 게르다를 괴롭히는 것도 다 거울 조각 때문이었습니다.

카이가 지금 하는 놀이도 전에 했던 놀이와는 상당히 달랐습니다. 어린아이 같지 않았습니다. 눈송이가 여기저기 휘날리던 어느 겨울날, 카이는 돋보기를 들고 밖으로 나가 파란 코트 옷자락을 펼치며 떨어지는 눈을 받았습니다.

카이가 소리쳤습니다.

"이 돋보기를 통해서 봐, 게르다야."

돋보기로 본 모든 눈송이는 더 커 보였고, 아주 아름다운 꽃이나 반짝이는 별처럼 보였습니다. 그것은 보기에 정말로 아름답고 멋졌습니다.

카이는 말했습니다.

"이것 봐, 얼마나 정교해! 저것이 실제 꽃보다 훨씬 흥미로워! 그들은 아주 정밀해서 녹지만 않는다면 흠집이 하나도 없어."

잠시 후 카이는 커다란 장갑을 끼고 그의 작은 썰매를 등에 지고 와서는 게르다의 귀에 대고 고함을 쳤습니다.

"나는 다른 사람들이 놀고 있는 광장에 들어갈 수 있는 허락을 받았어."

그러고는 순식간에 혼자서 가 버렸습니다.

광장에 있던 몇몇의 대담한 소년들은 마차가 지나갈 때 마차에 그들의 썰매를 묶곤 했습니다. 그들은 그렇게 썰매를 탔습니다. 그것은 아주 멋있었습니다. 그들이 한참 즐기고 있을 때 커다란 썰매 하나가 지나갔습니다. 그 썰매는 아주 하얗게 칠이 되어 있었습니다. 썰매에는 털이 많은 하얀 모피 망토로 몸을 감싸고, 머리에는 털이 많은 하얀 모피 모자를 쓴 누군가가 타고 있었습니다. 그 썰매는 광장을 두 바퀴 돌았고, 카이는 자기 썰매를 재빨리 큰 썰매에 동여맸습니다.

카이가 탄 썰매는 계속해서 속도를 내며 다음 거리로 들어갔습니다. 썰매를 몰던 사람이 카이 쪽을 돌아보고서는 마치 아는 것처럼 다정하게 고개를 끄덕였습니다. 카이가 썰매를 풀려고 할 때마다 그 사람은 카이에게 고개를 끄덕였고, 그러면 카이는 조용히 앉아 있었습니다. 결국 그들은 도시를 벗어났습니다.

눈이 펑펑 내리기 시작했습니다. 카이는 한 치 앞도 볼 수 없었지만, 여전히 계속해서 썰매는 달렸습니다. 썰매에 달린 끈을 느슨하게 하기 위해서 손에 잡고 있던 끈을 놓아 봤지만, 아무 소용이 없었습니다. 여전히 그 작은 썰매는 바람처럼 빠르게 달렸습니다. 카이는 가능한 한 크게 소리쳤지만 아무도 카이의 목소리를 들을 수 없었습니다. 눈보라가 휘몰아쳤고 썰매는 그 위를 계속 날아갔습니다. 가끔 도랑이나 울타리를 뛰어넘기도 했습니다. 카이는 너무 무서워서 기도를 하려고 애썼지만, 카이가 할 수 있는 것은 단지 구구단 표만 기억하는 것이었습니다.

눈송이는 점점 더 커져서 마침내 커다랗고 하얀 닭처럼 보였습니다. 갑자기 닭들이 길 위로 솟구치더니 큰 썰매가 멈췄고, 썰매를 몰던 사람이 자리에서 일어났습니다. 그 사람은 여자였고 그녀의 망토와 모자는 눈으로 되어 있었습니다. 그녀는 키가 크고 늘씬했으며 눈부시게 빛이 났습니다. 그녀는 바로 눈의 여왕이었습니다.

여왕이 말했습니다.

"우리는 빠르게 달려왔어. 그런데 아주 춥지. 내 외투 안으로 들어와."

눈의 여왕은 카이를 자신의 옆에 있는 썰매에 태우고, 모피로 감쌌습니다. 카이는 마치 눈 더미 속으로 빠지고 있는 것처럼 느꼈습니다.

눈의 여왕이 물었습니다.

"아직도 춥니?"

그리고 카이의 이마에 입맞춤을 했습니다. 오! 그것은 얼음보다 더 차가웠습니다. 그것은 카이의 심장까지 스며들어 갔고, 심장은 거의 얼음덩어리 같았습니다. 카이는 곧 죽을 것 같았지만, 잠시 뒤 마음이 편안해지면서 추위를 느끼지 못했습니다.

"내 썰매! 내 썰매를 잊지 않아야 해!"

가장 먼저 떠오른 건 썰매였습니다. 카이의 썰매에는 하얀 닭이 묶여 있었습니다. 그 닭은 큰 썰매 뒤에서 카이의 썰매를 매고 쭉 날아왔습니다. 눈의 여왕은 카이에게 한 번 더 입맞춤을 했습니다. 그러자 카이는 게르다, 할머니, 그리고 그가 고향에 두고 떠나온 모든 이들을 잊었습니다.

눈의 여왕이 말했습니다.

"자, 이제는 더 이상 입맞춤을 해 줄 수 없어. 한 번 더 입을 맞추면 넌 죽을지도 몰라."

카이는 눈의 여왕을 보았습니다. 그녀는 매우 아름다웠습니다. 카이가 상상할 수도 없을 정도로 영리하고 활기찬 얼굴이었습니다. 그리고 전에 창밖에 나타나 자신에게 손짓했던 얼음 같지도 않았습니다. 카이가 보기에 눈의 여왕은 완벽했습니다. 카이는 그녀가 두렵지도 않았습니다. 카이는 여왕에게 분수도 암산으로 계산할 수 있고, 다른 나라의 면적과 그 나라의 인구를 알고 있다고 자랑했습니다. 눈의 여왕은 카이가 말하는 동안 미소를 지었습니다. 그때 카이에게는 자신이 알고 있는 것이 충분하지 않은 것처럼 보였습니다. 그래서 가이는 자기 위에 있는 거대하고 텅 비어 있는 공간을 올려다보았습니다. 눈의 여왕과 카이는 계속 함께 날아다녔습니다. 검은 구름 위도 날아다녔습니다. 마치 눈보라는 어떤 오래된 곡을 노래하고 있는 것처럼 신음 소리와 휘파람 소리를 냈습니다. 계속해서 그들은 숲과 호수와 넓은 바다 위를 날아다녔습니다. 그리고 그들 아래에서는 차가운 눈보라가 거세게 불었고, 늑대들은 울부짖었고, 눈이 부딪치는 소리가 났습니다. 그리고 그들 위에서는 큰 까마귀들이 소리 내며 날았지만, 더 높은 곳에서 꽤 크고 밝은 달이 나타났습니다. 길고 긴 겨울밤 동안 카이는 달을 쳐다보았고, 낮에는 눈의 여왕의 발치에서 잠을 잤습니다.

세 번째 이야기

마법을 알고 있는 노파의 화단

카이가 돌아오지 못했을 때, 어린 게르다는 어떻게 되었을까요? 카이는 어디에 있을까요? 아무도 몰랐습니다. 아무도 어떤 정보를 줄 수 없었습니다. 소년들이 알고 있던 전부는 카이가 자기 썰매를 또 다른 크고 멋진 썰매에 묶는 것을 봤다는 것뿐이었습니다. 그리고 그 썰매는 길 아래로 내려가 도시를 빠져나갔습니다. 카이가 어디에 있는지는 아무도 몰랐습니다. 어린 게르다는 오랫동안 많은 눈물을 흘리며 슬퍼했습니다. 마침내 게르다는 카이가 죽은 게 틀림없다고 말했습니다. 사람들은 카이가 도시 가까이에 흐르는 강에 빠져 죽었다고 생각했습니다. 아! 정말로 길고 우울한 겨울밤이 이어졌습니다.

마침내 따뜻한 햇빛이 비치는 봄이 왔습니다.

어린 게르다가 말했습니다.

"카이는 죽어서 사라졌어!"

햇빛이 말했습니다.

"그 말 나는 안 믿어."

게르다는 제비들에게 말했습니다.

"카이는 죽어서 사라졌어!"

"그 말 나는 안 믿어."

결국 어린 게르다 역시 더 이상 그렇게 생각하지 않기로 했습니다.

어느 날 아침에 게르다는 말했습니다.

"나는 빨간 신발을 신을 거야. 카이는 그 신발을 본 적이 없어. 나는 강으로 내려가서 물어볼 거야."

꽤 이른 시간이었습니다. 게르다는 여전히 자고 있는 늙은 할머니에게 입맞춤을 하고 빨간 신발을 신고 혼자서 강으로 갔습니다.

"강물아, 네가 나의 어린 소꿉친구를 데려간 게 사실이니? 네가 카이를 다시 나에게 돌려주면 나는 너에게 나의 빨간 신발을 선물로 줄게."

그런데 이상하게도 파란 물결이 끄덕이는 것처럼 보였습니다. 게르다는 가지고 있던 가장 소중한 빨간 신발을 벗었고, 두 짝 다 강으로 던졌습니다. 그러나 신발은 강기슭에 떨어졌습니다. 잔물결이 그것들을 즉시 뭍으로 옮겼습니다. 마치 게르다의 가장 소중한 물건을 강물이 가지려 하지 않는 것 같았습니다.

사실은 강이 어린 카이를 데려가지 않았기 때문입니다. 그러나 게르다는 신발을 충분히 멀리 던지지 않았다고 생각했습니다. 그래서 게르다는 갈대숲 사이에 있던 배에 올라탔습니다. 배의 끄트머리에 서서 있는 힘껏 신발을 던졌습니다. 하지만 배를 단단히 묶어 놓지 않았습니다. 그래서 느슨하게 묶여 있던 배가 강가에서 떠내려가기 시작했습니다. 게르다는 그 사실을 알아차리고, 서둘러 뭍으로 돌아가려고 서둘렀습니다. 그러나 맞은편으로 달려갔을 때는 이미 강기슭에서 1미터 이상 떠내려왔고, 계속해서 빠르게 미끄러져 멀어지고 있었습니다.

어린 게르다는 매우 두려워서 울기 시작했습니다. 그러나 참새들 말고는 아무도 게르다의 울음소리를 듣지 못했습니다. 참새들은 게르다를 뭍으로 데려갈 수 없었습니다. 참새들은 강둑을 따라서 날아다녔고, 마치 게르다를 위로하듯이 노래를 불렀습니다.

"우리가 여기에 있어요! 우리가 여기에 있어요!"

그 배는 물살에 실려 떠내려갔고 어린 게르다는 신발도 없이 아주 조용히 앉아 있었습니다. 신발은 배 뒤에서 수영하고 있었지만, 게르다는 신발에게 다가갈 수 없었습니다. 배는 신발보다 훨씬 더 빨리 떠내려가고 있었기 때문입니다.

강변은 아름다운 꽃들과 오래된 나무들, 양과 소가 있는 언덕이 어우러져 무척 아름다웠습니다. 하지만 사람은 단 한 명도 볼 수 없었습니다.

게르다는 말했습니다.

"아마도 강이 나를 어린 카이에게 데려다 줄지도 몰라."

그러자 게르다는 덜 슬퍼졌습니다. 게르다는 일어나서 오랫동안 아름답고 푸른 강둑을 보았습니다. 지금 게르다는 커다란 벚나무 정원을 지나갑니다. 거기에는 빨갛고 파란 신기한 창문이 있는 작은 오두막이 있었습니다. 그것은 초가지붕이었고, 그 앞에는 두 개의 목각 병사가 보초를 서고 있었습니다. 배를 타고 지나가는 사람을 향해 총을 들고 차렷하고 서 있었습니다.

그들이 살아 있다고 생각을 한 게르다는 소리쳤습니다. 하지만 그들은 대답하지 않았습니다. 강 물살이 배를 뭍에 아주 가까이 이동시켜서, 게르다는 그들에게 가까이 다가갈 수 있었습니다.

게르다는 훨씬 더 크게 소리쳤습니다. 그때 한 노파가 구부러진 지팡이에 의지하면서 오두막에서 나왔습니다. 노파는 아주 멋진 꽃이 그려진 챙이 넓은 큰 모자를 쓰고 있었습니다.

노파는 말했습니다.

"불쌍한 애야! 너는 어떻게 넓고 물살이 빠른 강물에 실려 이 넓은 세계에 오게 된 거니?"

그러고 나서 노파는 물속으로 들어가 구부러진 지팡이로 배를 잡아서 강가로 끌어당긴 다음 게르다를 들어서 내려 주었습니다.

게르다는 다시 마른 뭍으로 올라오게 되어서 매우 기뻤지만, 그 낯선 노파가 다소 두려웠습니다.

노파가 말했습니다.

"너는 누구이며, 어떻게 이곳으로 오게 됐는지 말해 보렴."

그래서 게르다는 노파에게 전부 말했습니다. 그러자 노파는 머리를 가로저으며 말했습니다.

"에-헴! 에-헴!"

게르다가 노파에게 모든 것을 말해 주고 어린 카이를 보았는지 물어봤을 때, 노파는 카이가 이곳을 지나가지 않았지만 틀림없이 돌아올 거라고 대답했습니다. 그리고 노파는 게르다에게 낙심하지 말고 집으로 돌아가 버찌를 맛보고 꽃을 보라고 말했습니다. 그 꽃들은 그림책에 있는 어느 꽃보다 더 아름답고, 꽃은 저마다의 이야기도 들려준다고 했습니다. 노파는 게르다의 손을 잡고 오두막 안으로 데리고 가서 문을 잠갔습니다.

창문들은 매우 높이 있었습니다, 유리는 빨간색과 파란색, 그리고 초록색이었습니다. 햇빛은 매우 경이롭게도 가지각색으로 방 안을 물들였습니다. 탁자 위에는 아주 먹음직스러운 버찌가 있었고 게르다는 배가 터질 만큼 많이 먹었습니다. 마음껏 먹어도 좋다는 허락을 받았기 때문이었습니다. 게르다가 먹고 있는 동안 노파는 황금 빗으로 게르다의 머리를 빗겨 주었습니다. 그녀의 머리는 곱슬곱슬해지고, 아름답고 작은 얼굴 주위는 예쁜 황금색으로 빛났습니다. 그리고 게르다의 작은 얼굴에 금빛 머리가 너울거려 장미 같아 보였습니다.

노파는 말하였습니다.

"나는 종종 너처럼 사랑스런 여자아이를 원했단다. 이제 너는 우리가 의견이 얼마나 잘 맞는지를 알게 될 거야."

노파가 어린 게르다의 머리를 빗어 주는 동안, 게르다는 함께 젖을 먹고 자란 카이를 점점 더 잊어 갔습니다. 왜냐하면 노파는 마법을 알고 있었기 때문입니다. 하지만 노파는 사악한 존재는 아니었습니다. 단지 자신이 즐기려고 요술을 조금 행했을 뿐입니다. 그런데 이제는 게르다를 간직하기 위해서 아주 많은 것을 원했습니다. 그래서 정원이 있는 밖으로 나가서 구부러진 지팡이를 장미 나무가 있는 쪽으로 쭉 뻗었습니다. 그러자 바람에 아름답게 흔들리던 장미가 모두 땅속으로 가라앉아서 아무도 장미가 어디에 서 있었는지를 알 수 없었습니다. 혹시라도 게르다가 장미를 보고, 어린 카이를 기억하게 되면 자신에게서 달아날까 봐 노파는 두려웠습니다.

노파는 게르다를 화단으로 데려갔습니다. 아, 향기와 아름다움이 그곳에 있었습니다. 우리가 생각할 수 있는 모든 꽃, 사계절의 모든 꽃들이 그 정원에 활짝 피어 있었습니다. 어떤 그림책도 이보다 더 화려하고 더 아름다울 수 없었습니다. 게르다는 기뻐서 펄쩍 뛰었고, 해가 큰 벚나무 뒤로 넘어갈 때까지 놀았습니다. 게르다는 파란 제비꽃으로 가득 찬 빨간색 비단 침대보가 있는 예쁜 침대도 갖게 되었습니다. 게르다는 잠이 들었고 결혼식을 올리는 여왕만큼 즐거운 꿈도 꾸었습니다.

다음 날 아침, 게르다는 따뜻한 햇빛 아래서 꽃과 놀기 위해 나갔습니다. 그렇게 하루를 보냈습니다. 헤아릴 수 없을 정도로 꽃이 많았지만 게르다는 모든 꽃을 알았습니다. 그러나 게르다는 왠지 어떤 것인지는 모르지만 한 가지가 없는 것 같았습니다. 어느 날 게르다는 꽃이 그려진 노파의 모자를 보며 앉아 있었습니다. 게르다에게는 모든 꽃 중에서 가장 아름다운 것은 장미처럼 보였습니다.

나머지 장미들은 지상에서 사라지게 했지만 노파는 모자에서 장미를 없애는 것을 잊었습니다. 누구든 집중하지 않고 생각이 모아지지 않으면 이런 실수를 저지르게 됩니다.

게르다가 말했습니다.

"이 방에는 왜 장미가 하나도 없나요?"

게르다는 화단 사이로 여기저기 뛰어다녔고 보고 또 보았지만 장미를 하나도 찾을 수 없었습니다. 게르다는 앉아서 울었습니다. 게르다의 뜨거운 눈물은 장미 나무가 가라앉았던 바로 그곳에 떨어졌습니다. 따뜻한 눈물이 땅에 물을 줬을 때, 장미 나무가 땅에 가라앉을 때처럼 꽃이 만발한 채로 솟아올랐습니다. 게르다는 장미에 입맞춤을 하고, 자신의 집에 있는 소중한 장미와 어린 카이에 대해 생각했습니다.

어린 게르다는 말했습니다.

"아, 내가 얼마나 오랫동안 여기 머물렀지? 나는 카이를 찾을 생각이었는데!"

게르다는 장미들에게 물었습니다.

"너는 카이가 어디 있는지 모르니? 카이가 죽어서 사라졌다고 생각하니?"

장미들이 말했습니다.

"분명히 죽지는 않았어. 우리는 그동안 죽은 자들과 땅속에 있었지만, 카이는 그곳에 없었어."

어린 게르다는 말했습니다.

"여러모로 고마워!"

게르다는 다른 꽃들에게 가서 꽃받침을 들여다보며 물었습니다.

"너희는 어린 카이가 어디 있는지 모르니?"

모든 꽃은 햇빛 속에 서서 자신만의 동화, 즉 자신의 이야기를 꿈꾸었습니다. 그리고 그들 모두가 게르다에게 많은 것을 말해 주었습니다. 하지만 아무도 카이에 대해서 아는 것이 없었습니다.

참나리는 뭐라고 말했을까요?

"당신은 북소리가 안 들리나요? 둥! 둥! 그것이 유일한 두 가지 음조입니다. 항상 둥! 둥! 노파의 애처로운 노래와 사제의 소리에 귀를 기울여라! 긴 예복을 입은 힌두교 여인이 화장용 장작더미 위에 서 있습니다. 화염이 그녀와 그녀의 죽은 남편 주변으로 타오릅니다. 하지만 힌두교 여인은 주위를 둘러싸고 있는 사람 중에 살아 있는 한 사람에 대해 생각합니다. 눈빛이 화염보다 더 뜨겁게 타고 있는 그 사람에 대해서, 눈의 불꽃이 그녀의 몸을 태워서 곧 재로 만들 화염보다 더 많이 그녀의 심장을 뚫고 들어갈 그 사람에 대해서 말입니다. 마음의 불꽃은 화장용 장작더미의 화염 속에서 꺼질까요?"

어린 게르다가 말했습니다.

"무슨 말인지 전혀 이해하지 못하겠어."

참나리가 말했습니다.

"그것이 나의 이야기입니다."

메꽃은 뭐라고 말했을까요?

"좁은 산속 오솔길 위에 낡은 영주의 성곽이 솟아 있어요. 무성한 상록수가 무너진 성벽을 타고서 제단 주변에서 자랍니다. 거기에는 아름다운 아가씨가 서 있습니다. 그녀는 난간 위로 몸을 기울여 밖에 있는 장미를 봅니다. 어떤 장미도 그녀보다 더 싱그럽지 않습니다. 바람에 실려 온 사과꽃도 아가씨보다 가볍지는 않습니다. 그녀의 비단옷은 사각거리는 소리를 냅니다. '그가 돌아오지 않는 걸까?'"

어린 게르다가 물었습니다.

"네 말이 의미하는 사람이 카이니?"

메꽃이 대답했습니다.

"나는 나의 이야기에 대해서 말하고 있습니다. 나의 꿈에 대해서 말이죠."

나팔꽃은 뭐라고 말했을까요?

"나무들 사이에 긴 널빤지 하나가 매달려 있습니다. 그것은 그네입니다. 두 명의 어린 소녀들이 그네 위에 앉아 있습니다. 그리고 앞뒤로 그네를 탑니다. 그들의 드레스는 눈처럼 하얗습니다. 그리고 모자에 달린 긴 초록색 비단 끈이 펄럭입니다. 그들보다 더 나이가 든 오빠가 그네 위에 서 있습니다. 그는 자신을 단단히 유지하기 위해서 두 팔로 그넷줄을 휘감고 있습니다. 왜냐하면 한 손에는 작은 컵을, 다른 손에는 점토로 만든 파이프를 들고 있기 때문입니다. 그는 비눗방울을 불고 있었습니다. 그네는 움직입니다. 그리고 비눗방울은 멋지게 색을 바꾸며 떠다니고 있습니다. 마지막 것은 여전히 파이프 끝에 매달려서 산들바람에 흔들립니다. 그네는 움직입니다. 비눗방울처럼 가벼운 검둥개가 뒷다리로 뛰어서 그네에 올라타려고 합니다. 그네는 움직입니다. 그 개는 떨어져 짖고 화가 납니다. 그들은 그를 괴롭힙니다. 비눗방울은 터집니다. 그네, 터지는 비눗방울, 그런 것이 나의 노래입니다!"

"당신의 이야기는 매우 아름답기는 하지만 너무 슬퍼요. 그리고 카이에 관한 이야기도 없는걸요. 히아신스는 어떻게 생각하니?"

"옛날에 세 자매가 있었는데 아주 투명하고 아름다웠습니다. 첫째의 예복은 빨간색이고, 둘째의 것은 파란색이고, 셋째의 것은 하얀색이었습니다. 그들은 서로 손잡고 고요한 호숫가의 맑은 달빛 아래에서 춤을 추었습니다. 그들은 요정 같은 처녀들이 아니라 언젠가는 죽게 될 어린이들이었습니다. 달콤한 향기를 맡으며 그 아이들은 숲속으로 사라졌습니다. 향기는 더 강해졌습니다. 세 개의 관들이 세 명의 아름다운 처녀들을 담고, 숲에서 미끄러져 나와 호수를 가로질러 갔습니다. 빛이 나는 개똥벌레들이 떠다니는 작은 등불처럼 주위를 날아다녔습니다. 춤추는 처녀들이 잠든 건가요, 아니면 그들이 죽었나요? 꽃들의 향기는 그들이 시체라고 말합니다. 죽은 자들을 위해 만종이 울립니다!"

어린 게르다는 말했습니다.

"너는 나를 슬프게 해. 나는 죽은 처녀들을 생각하지 않을 수 없어. 아! 어린 카이는 정말로 죽었나요? 장미들은 땅속에 있었고 그들은 아니라고 말했는데."

"딸랑딸랑!"

히아신스에 매달린 종소리가 들립니다.

"우리는 어린 카이를 위해 울리는 게 아닙니다. 우리는 그를 모릅니다. 그것이 우리가 노래를 부르는 방법입니다. 우리가 가진 유일한 방법입니다."

게르다는 미나리아재비에게 갔습니다. 그것은 빛나는 초록 잎들 속에서 밖을 내다보았습니다.

게르다가 말했습니다.

"넌 밝게 빛나는 작은 태양 같구나. 나의 소꿉친구를 어디서 찾을 수 있는지 나에게 알려 줘."

미나리아재비는 밝게 빛을 내며 게르다를 보았습니다. 미나리아재비는 어떤 노래를 부를 수 있었을까요? 그 역시 카이에 대해서 아무것도 말해 주지 않는 노래였습니다.

"작은 안마당에 봄이 찾아온 지 며칠 만에 밝은 태양이 비치고 있었습니다. 빛줄기는 이웃집의 하얀 담벼락 아래로 미끄러져 내려갔고, 가까운 곳에서는 따뜻한 햇볕 속에서 황금처럼 반짝이며, 상큼한 노란색 꽃들이 자라고 있었습니다. 늙은 할머니는 밖에 앉아 있었습니다. 가난하지만 사랑스런 하인인 그녀의 손녀가 잠시 방문하러 막 들어옵니다. 손녀는 할머니를 알고 있습니다. 그 축복받은 입맞춤 속에는 순수한 자연 그대로의 황금이 있었습니다. 그것이 나의 작은 이야기입니다."

미나리아재비는 말했습니다.

게르다는 한숨을 쉬었습니다.

"나의 불쌍하고 늙은 할머니! 그래, 의심할 것도 없이 할머니는 나를 간절히 바라고 계셔. 나 때문에 슬퍼하고 계실 거야. 어린 카이에게 그랬던 것처럼. 그러나 나는 곧 집으로 돌아갈 거야. 그리고 카이도 함께 데려갈 거야. 꽃들에게 물어봐도 소용없어. 꽃들은 그들 자신의 이야기만 알고 나에게는 아무것도 말해 주지 않아."

게르다는 더 빨리 뛸 수 있도록 옷을 접어 올렸습니다. 게르다가 수선화 위로 뛰어넘으려 할 때, 수선화가 게르다의 다리를 두드렸습니다. 그래서 게르다는 잠시 멈추고 길고 노란 꽃을 보고 물었습니다.

"너는 뭔가를 알고 있지?"

그러고 나서 게르다는 수선화에게로 구부렸습니다. 수선화는 뭐라고 말했을까요?

"나는 나 자신을 볼 수 있어요. 나는 나 자신을 볼 수 있어요. 나는…… 오, 나는 정말로 향기로워! 위에 있는 작은 다락방 안에 옷을 반만 입은 어린 무용수가 서 있습니다. 그녀는 지금 한 다리로 서 있다가 이제 두 다리로, 그녀는 온 세상을 발로 밟아 경멸합니다. 하지만 그녀는 상상 속에서만 삽니다. 그녀는 찻주전자를 들어 손에 잡고 있는 물건에 물을 따릅니다. 그것은 코르셋입니다. 청결함은 좋은 것입니다. 그 하얀 드레스는 옷걸이에 걸려 있습니다. 드레스도 찻주전자로 물을 부어 빨아서 지붕 위에서 말립니다. 그녀는 드레스를 입고 짙은 황색의 스카프를 목 주위에 맵니다. 그러면 드레스는 더 하얗게 보입니다. 나는 나 자신을 볼 수 있어요. 나는 나 자신을 볼 수 있어요!"

어린 게르다는 말했습니다.

"네 말은 나에게는 아무런 의미가 없어. 나와는 상관이 없어."

그러고 나서 게르다는 멀리 정원의 끝으로 뛰어갔습니다.

대문은 잠겨 있었습니다. 그러나 게르다는 녹슨 빗장이 느슨해질 때까지 빗장을 흔들었습니다. 그러자 곧 대문이 열렸고 어린 게르다는 맨발로 넓은 세상을 향해 뛰어 들어갔습니다. 게르다는 주위를 세 번이나 둘러보았지만 아무도 게르다를 따라오지 않았습니다. 게르다는 더 이상 달릴 수 없어서 커다란 바위 위에 앉았습니다. 주변을 둘러봤을 때 여름이 지나갔다는 것을 알았습니다. 벌써 늦가을이 한창이었습니다. 항상 햇빛이 비추고 1년 내내 꽃이 있는 아름다운 정원에서 지내다 보니 계절이 지나가는 것도 알아차릴 수 없었습니다.

"시간이 너무 많이 지났어. 벌써 가을이라니. 얼마나 오랫동안 내가 머물러 있었던 거야. 난 더 이상 쉬어서는 안 돼."

게르다는 더 멀리 가기 위해 일어났습니다. 그러나 상처 난 발이 심하게 아프고 고통스러웠습니다. 날씨는 춥고 쌀쌀하기만 했습니다. 긴 버드나무 잎은 샛노랗게 변했고 안개는 물처럼 버드나무 잎에서 주르르 흘러내렸습니다. 이파리가 한 잎 두 잎 떨어졌습니다. 산사나무만이 열매가 가득 열린 채 서 있었습니다. 그러나 열매는 아주 역겨웠습니다. 세상 모든 것이 황량하고 어둡고 불안해 보였습니다.

네 번째 이야기

왕자와 공주

게르다는 다시 쉬어야만 했습니다. 그때 정확히 게르다의 반대쪽에서 커다란 까마귀가 흰 눈 위로 깡충깡충 뛰어왔습니다. 그 까마귀는 오랫동안 게르다를 쳐다봤습니다. 그리고 머리를 좌우로 흔들며 말했습니다.

"까악! 까악! 안녕! 안녕!"

까마귀는 최대한 친절하게 인사를 했습니다. 게르다에게 상냥하게 대해 주고 싶었기 때문입니다. 그리고 게르다에게 어디로 가고 있는지 물었습니다. '혼자'라는 말을 게르다는 아주 잘 이해했습니다. 그리고 그 말이 얼마나 많은 것을 나타내는지 느꼈습니다. 그래서 게르다는 까마귀에게 모든 이야기를 들려주었습니다. 그리고 카이를 보았는지 물어보았습니다.

그 까마귀는 매우 진지하게 끄덕였습니다. 그리고 말했습니다.

"아마 봤을지도 몰라. 그럴지도 모르지."

"뭐라고? 정말로 카이를 본 거야?"

어린 게르다는 외쳤습니다. 게르다는 숨이 막힐 정도로 까마귀에게 입맞춤을 했습니다. 덕분에 까마귀는 거의 눌려 죽을 뻔했습니다.

까마귀는 말했습니다.

"진정해! 진정해!"

까마귀가 외쳤습니다.

"내 말은 어린 카이일 가능성이 있다는 말이야. 하지만 지금 그는 공주 때문에 당신을 잊어버렸어."

게르다는 물었습니다.

"카이가 공주와 함께 살고 있니?"

까마귀는 말했습니다.

"그래. 내 이야기를 잘 들어 봐. 하지만 내가 너의 언어로 말하는 것은 어려울 거야. 네가 만약 까마귀의 언어를 이해한다면 더 잘 말해 줄 수 있어."

게르다가 말했습니다.

"아니, 나는 너의 언어를 배우지 않았어. 그러나 할머니는 그 언어를 이해하고 계셔. 그리고 할머니는 어려운 말도 할 수 있어. 나도 너의 언어를 배웠더라면 좋았을 텐데."

까마귀는 말했습니다.

"어쨌든 내가 할 수 있는 만큼 너에게 말해 줄게. 하지만 잘 못 할 수도 있어."

그러고 나서 까마귀는 알고 있는 모든 것을 말했습니다.

"우리가 지금 있는 왕국에 비범할 정도로 영리한 공주가 살고 있었어. 왜냐하면 공주는 온 세상에 있는 모든 신문을 읽고, 그것들을 다시 잊어버리기 때문이야. 정말로 영리한 여자이지. 최근에 공주는 왕위에 올랐다고 해. 그렇게 즐거운 일은 아니겠지. 아무튼 공주는 그러고 나서 옛 노래를 흥얼거리기 시작했어. 그 노래는 '아아, 왜 나는 결혼해서는 안 되는가?'라는 내용이었어. 그러다 공주님은 '안 될 게 뭐가 있어.'라며 중얼거렸어. 그리고 공주는 결혼하기로 마음먹었어. '하지만 내가 말을 걸었을 때 재치 있게 대답해 주는 방법을 알고 있는 사람을 남편으로 선택할 거야.' 훌륭한 유명 인사의 남편은 아주 피곤한 일이기 때문이지. 공주는 모든 시녀들을 불러 모았어. 공주의 의도를 듣고 모두가 기뻐하며 말했지. '정말 좋은 생각이에요. 바로 우리가 생각하고 있었던 것이에요.' 하고 말이야."

까마귀는 말했습니다.

"내가 하는 말은 모두 사실이야. 왜냐하면 성에서 자유롭게 뛰어다니는 사람이 기르는 까마귀가 나의 약혼녀거든. 그리고 이 모든 걸 말해 준 것도 바로 그녀였어."

하트 장식이 된 공주 이름의 머리글자를 실은 신문이 즉시 나왔습니다. 그 신문에는 모든 잘생긴 젊은 남자는 마음대로 성에 와서 공주와 이야기를 나눌 수 있다는 내용이 실려 있었습니다. 공주는 성을 편안하게 느끼고 똑똑하게 말하는 사람을 남편으로 선택해 결혼할 생각이었습니다.

까마귀는 말했습니다.

"그래, 그래. 너는 그것을 믿어도 돼. 그것은 내가 여기 앉아 있는 것만큼이나 분명한 사실이거든. 사람들은 무리를 지어 성으로 몰려들어 왔어. 혼잡과 대소동이 이어졌지만, 첫날에도 이튿날에도 아무도 성공하지 못했어. 그들은 길거리에 있을 때는 아주 말을 잘할 수가 있었지. 그러나 성안으로 들어와서 은빛 옷을 화려하게 차려입은 경비병을 보거나 계단에서 황금빛 옷을 입고 있는 하인들을 보거나 혹은 커다란 불이 켜진 넓은 홀을 보자마자 당황했어. 그리고 공주가 앉아 있는 옥좌 앞에 섰을 때 할 수 있는 일이라곤 그들이 지껄였던 마지막 단어만을 되풀이하는 것이었어. 그 말을 다시 듣는 것은 공주에게 어떤 흥미도 줄 수 없었어. 마치 안에 있는 사람들은 마법에 걸린 것 같았지. 그들이 다시 길거리로 나오기 전까지는 최면 상태에 빠져 있었어. 왜냐하면 그때서야 그들은 다시 말을 잘할 수 있었거든. 마을 정문에서 성까지 긴 줄이 늘어섰어. 나도 직접 봤어."

까마귀는 말했습니다.

"그들은 배고프고 갈증이 났지만 성에서는 아무것도, 심지어 물 한 잔도 받지 못했어. 몇몇의 아주 영리한 사람들이 빵과 버터를 가져온 것은 사실이야. 하지만 '다른 사람들은 배고파 보여야 해. 그러면 공주가 그를 선택하지 않을 거야.'라고 각자가 생각했기 때문에 아무도 그것을 이웃 사람과 나눠 먹지 않았어."

게르다가 말했습니다.

"그러면 카이는? 어린 카이는 언제 왔지? 카이도 그 무리 속에 있었니?"

"침착해, 침착해. 막 말하려던 참이야. 바로 사흘째 되는 날에 말이나 마차도 없이 한 어린아이가 아주 당당하게 성으로 걸어왔어. 그의 눈은 네 눈처럼 빛났고 아주 아름다운 긴 머리를 가졌지만 그의 옷은 매우 초라했어."

기쁜 목소리로 게르다가 소리쳤습니다.

"그 사람은 카이야. 아! 드디어 카이를 찾았어!"

게르다는 기뻐서 손뼉을 쳤습니다.

까마귀가 말했습니다.

"그는 작은 배낭을 등에 메고 있었어."

게르다가 말했습니다.

"아니야. 그것은 확실히 카이의 썰매야. 카이는 나갈 때 썰매를 가지고 갔어."

까마귀가 말했습니다.

"아, 그럴지도 몰라. 나는 그를 아주 자세히 살펴보지는 않았어. 그러나 나의 약혼녀에게 들어서 알았지. 그가 성의 안마당으로 들어와서 은빛 옷을 입고 있는 경비병과 계단에 있는 하인을 봤을 때, 전혀 당황해하지 않았어. 고개를 끄덕이고 말했지. '계단 위에 서 있는 것은 매우 피곤한 일이야. 그러니 나는 안으로 들어갈 거야.' 홀은 샹들리에 불로 빛나고 있었어. 고문관과 대신들이 맨발로 여기저기 걸어 다니고 있었고 황금 열쇠를 차고 있었어. 그것만으로도 누군가를 불안하게 느끼도록 만들기에 충분했어. 그의 부츠는 크게 삐걱 소리를 냈어. 그러나 여전히 두려워하지 않았어."

게르다가 말했습니다.

"아, 그 사람은 확실히 카이야."

게르다가 말했습니다.

"카이가 새 부츠를 신고 있는 걸 알아. 할머니의 방에서 부츠가 삐걱거리는 소리를 들었어."

까마귀가 말했습니다.

"그래. 부츠는 삐걱거리는 소리를 냈어. 그리고 계속해서 그는 용감하게 공주에게 다가갔어. 공주는 물레만큼 큰 진주 위에 앉아 있었어. 궁중의 모든 귀부인들은 시녀들과 함께, 기사들은 하인과 함께, 시녀들은 자신들의 하녀와 함께 서 있었고, 기사의 심부름꾼들은 자기가 부리는 하인과 함께 모두 나와 차례로 서 있었어. 그들이 문에 더 가까이 있으면 있을수록 그들은 더 우쭐해 보였어. 아주 거만하게 시종이 출입구에 서 있어서 그를 쳐다보는 것은 거의 불가능했지."

게르다가 말했습니다.

"아주 끔찍했었겠구나. 그래서 카이는 공주와 결혼을 했니?"

"내가 까마귀가 아니라면 나도 공주와 결혼했을 거야. 비록 약혼을 했지만 말이야. 내가 까마귀 말로 말할 때만큼 그는 말을 잘했다고 해. 나는 이 사실을 약혼녀로부터 들었어. 그는 아주 대담하고 예의 바르게 행동했어. 그는 공주에게 구애하러 온 것이 아니라 단지 공주의 지혜를 들으러 왔어. 그녀는 그를 기쁘게 했고, 그는 그녀를 기쁘게 했지."

게르다가 말했습니다.

"맞아. 확실히 그 사람이 카이야. 카이는 아주 영리했고 암산으로 분수를 계산할 수 있었어. 아, 나를 성으로 데려가 주지 않을래?"

까마귀가 말했습니다.

"말로는 쉽지. 하지만 실제로 가능할까? 내가 그것에 대해서 나의 약혼녀에게 말해 볼게. 그녀는 틀림없이 우리에게 충고를 해 줄 거야. 왜냐하면 내가 아는 바로는 너처럼 어린 소녀는 들어갈 수 있는 허락을 절대로 받을 수 없거든."

게르다가 말했습니다.

"오, 아니야. 난 들어갈 거야. 내가 여기 있다는 걸 카이가 들으면 곧장 나를 데리러 나올 거야."

까마귀가 말했습니다.

"여기 있는 계단 위에서 나를 기다려."

까마귀는 머리를 앞뒤로 움직이더니 날아가 버렸습니다.

까마귀가 돌아왔을 때는 저녁이 다가오고 있었습니다.

까마귀가 말했습니다.

"까악! 까악! 그녀가 당신에게 안부를 전해 주래. 그리고 여기에 너를 위한 둥근 빵도 있어. 나의 약혼녀가 부엌에서 가져왔어. 부엌에 가면 무엇이든 있는데 거기서 찾았대. 배 많이 고팠지? 그런데 성에 들어가는 것은 불가능할 것 같아. 왜냐하면 너는 맨발이기 때문이야. 은빛 옷을 입은 경비병과 금빛 옷을 입은 하인이 들어가는 것을 허락하지 않을 거야. 하지만 울지는 마. 네가 조용히 들어갈 수 있도록 도와줄 테니까. 내 약혼녀가 작은 침실로 통하는 뒷문 계단을 알고 있어. 그리고 그녀는 침실 열쇠가 어디 있는지도 알고 있어."

게르다와 까마귀는 큰 가로수 길에 있는 정원으로 들어갔습니다. 그곳에서는 나뭇잎이 하나씩 떨어지고 있었습니다. 성에 있는 불빛이 모두 서서히 사라졌을 때 까마귀는 어린 게르다를 절반쯤 열려 있는 뒷문으로 안내했습니다.

아, 게르다의 심장이 걱정과 기대로 얼마나 뛰었을까요. 마치 잘못된 어떤 일을 막 하려고 했던 때 같았습니다. 그러나 게르다는 단지 어린 카이가 그곳에 있는지 알고 싶었을 뿐입니다. 그렇습니다. 카이는 그곳에 있는 게 틀림없었습니다. 게르다는 카이의 총명한 눈과 긴 머리를 아주 생생하게 기억했습니다. 집에 있는 장미 아래에 앉아, 웃으며 이야기를 나누었을 때처럼 카이를 알아볼 수 있었습니다.

아주 먼 길을 돌아 찾아온 것을 안다면, 모두 카이가 돌아오지 않아 얼마나 슬퍼하고 있는지를 안다면, 카이가 분명 기뻐할 거라 생각했습니다. 게르다는 두려우면서도 기쁜 마음이 들었습니다.

게르다와 까마귀는 계단 위에 있었습니다. 하나의 등만이 그곳에 켜져 있었습니다. 까마귀의 애인이 방 한가운데서 머리를 사방으로 갸웃거리며 게르다를 쳐다보았습니다. 게르다는 할머니에게 배운 대로 무릎을 살짝 굽혀 인사를 했습니다.

성에 사는 까마귀의 애인이 말했습니다.

"나의 약혼자가 당신 칭찬을 아주 많이 했어요. 당신의 이야기는 아주 감동적이에요. 당신이 등을 들면 내가 먼저 갈게요. 우리는 계속 똑바로 갈 거예요. 우리는 아무도 마주치지 않을 거예요."

게르다가 말했습니다.

"바로 계단 뒤에 누군가가 있는 것 같아요."

그때 시커먼 그림자가 휙 지나갔습니다. 그것은 벽 위에 있는 그림자 형체 같았는데, 늘어진 갈기와 마른 다리를 가진 말과 사냥꾼, 말을 타고 있는 귀족과 귀부인들이었습니다.

"그들은 단지 꿈이에요. 그 꿈들은 고귀한 분들의 생각을 사냥터로 가져가지요. 덕분에 침대에 있는 사람들을 더 잘 살펴볼 수 있으니까요. 당신이 출세해서 명예의 자리에 오르게 되면 우리 은혜를 잊지 않겠죠."

성에 사는 까마귀의 애인이 말했습니다.

까마귀가 말했습니다.

"쯧! 그런 것은 말하나 마나지!"

그들은 첫 번째 홀에 들어갔습니다. 그곳의 벽은 꽃무늬가 있는 장밋빛 공단으로 꾸며져 있었습니다. 여기에서도 꿈들이 지나가고 있었습니다. 그러나 그들은 빠르게 지나가서 게르다는 고귀한 사람을 볼 수 없었습니다. 다른 홀은 더 화려했습니다. 정말로 입을 다물지 못할 정도로 대단했습니다. 마침내 그들은 침실로 들어갔습니다. 그 방의 천장은 커다랗고 고급스런 유리 나뭇잎이 달린 야자수 같았습니다. 그리고 방 한가운데는 굵은 황금 줄기에 백합꽃을 닮은 두 개의 침대가 달려 있었습니다. 하얀 침대 위에는 공주가 잠들어 누워 있었습니다. 다른 빨간 침대 속에 카이가 있기를 게르다는 간절히 바랐습니다. 게르다는 침대의 빨간 잎사귀 하나를 뒤로 젖혔습니다. 그리고 햇볕에 그을린 갈색의 목을 보았습니다.

"오! 카이다!"

게르다는 꽤 큰 목소리로 카이의 이름을 부르며 얼굴 가까이에 등불을 가져갔습니다. 꿈들이 다시 말을 타고 침실로 질주해 왔습니다. 잠을 깬 주인공이 머리를 돌렸습니다. 하지만 그는 카이가 아니었습니다. 단지 목 주변만 닮았을 뿐 카이는 아니었습니다. 그는 젊고 잘생긴 왕자였습니다. 하얀 백합 잎사귀 사이로 공주 또한 얼굴을 내밀고 쳐다보았습니다. 그리고 무엇이 문제인지 물었습니다. 어린 게르다는 소리쳤습니다. 게르다는 울면서 공주에게 까마귀들이 자신을 위해 도와준 모든 이야기를 털어놓았습니다.

왕자와 공주는 말했습니다.

"불쌍한 것!"

그들은 까마귀들을 매우 칭찬했습니다. 그리고 이번 일로 화를 내지는 않겠지만 다시는 그렇게 해서는 안 된다고 타일렀습니다. 그리고 그들에게 상을 내리겠다고 했습니다.

"너희들은 자유롭게 날아다니고 싶니? 아니면 성의 까마귀가 되어 부엌 바닥에 떨어진 음식을 마음껏 먹으며 살고 싶니?"

공주가 물었습니다.

그러자 두 까마귀는 공손히 고개를 끄덕이며, 성에 머물고 싶다고 대답했습니다. 그들은 나이를 생각해 노후를 잘 보내고 싶었습니다. 그러려면 안정된 생활이 중요하다고 판단했습니다.

왕자는 일어나서 게르다에게 자신의 침대를 내주며 잠을 청하라고 했습니다. 그 행동은 왕자가 게르다에게 해 줄 수 있는 최고의 배려였습니다. 그 이상으로 할 수 있는 것은 없었습니다. 게르다는 작은 손을 모으고 생각했습니다.

'사람들도 동물들도 어쩜 모두 이렇게 착한 걸까!'

그러고 나서 게르다는 깊은 잠에 빠져들었습니다. 모든 꿈이 다시 날아들어 왔습니다. 그들은 모두 천사처럼 보였습니다. 그들은 작은 썰매를 끌었습니다. 그리고 썰매 안에서 카이는 게르다를 향해 고개를 끄덕였습니다. 그러나 이 모든 것은 단지 꿈에 불과했습니다. 게르다가 잠에서 깨어나는 순간 그 모든 게 사라졌습니다.

다음 날 게르다는 머리부터 발끝까지 비단과 벨벳으로 차려입었습니다. 왕자와 공주는 게르다에게 성에 머물면서 행복하게 살라고 제안했습니다. 하지만 게르다는 말이 끄는 작은 마차와 부츠 한 켤레만을 가지고 싶다고 간청했습니다. 그러고 나서 게르다는 다시 넓은 세상으로 나가 카이를 찾을 거라고 말했습니다.

게르다는 부츠와 함께 털토시도 선물로 받았습니다. 게르다가 막 출발하려 할 때 황금 마차가 문 앞에 멈췄습니다. 마차는 순금으로 만들어져 반짝거렸습니다. 왕자와 공주의 팔이 그 위에서 별처럼 빛났습니다. 마부와 하인, 시종들까지 모두 금관을 쓰고 있었습니다. 왕자와 공주는 게르다가 스스로 마차에 탈 수 있도록 도와주며 행운을 빌었습니다. 이제 막 결혼을 한 까마귀가 5킬로미터를 동행했습니다.

까마귀는 게르다 옆에 앉았습니다. 왜냐하면 거꾸로 타면 멀미가 났기 때문입니다. 성에 사는 까마귀는 출입구에 서서 날개를 퍼덕거렸습니다. 까마귀는 게르다와 동행할 수 없었습니다. 성의 까마귀가 되어 고정 직책을 가진 이후에 너무 많이 먹어 두통으로 고통을 겪고 있었기 때문입니다. 마차 안에는 달콤한 과자가 가득 채워져 있었고, 의자에 놓인 접시 위에도 과일과 생강 빵이 있었습니다.

"안녕! 잘 가!"

왕자와 공주가 외쳤습니다.

게르다는 울음을 터뜨렸고 까마귀도 눈물을 흘렸습니다. 그렇게 5킬로미터가 지나고 까마귀도 작별 인사를 해야 했습니다. 가장 고통스러운 이별이었습니다. 까마귀는 나무 위로 날아올랐습니다. 그리고 멀리서도 햇살처럼 빛이 나는 마차가 보이지 않을 때까지 검은 날개를 계속 퍼덕였습니다.

다섯 번째 이야기

산적의 어린 딸

마차는 횃불처럼 환하게 빛을 내며 어두운 숲 사이로 들어갔습니다. 그 빛이 어찌나 밝았던지 산적들의 눈을 부시게 했습니다.

“금이다, 금이야!”

산적들은 소리를 지르며 앞으로 달려 나와 말을 붙잡았습니다. 그러고는 마부와 하인들을 때려눕혔고, 시종들까지 모조리 죽인 다음 어린 게르다를 마차에서 끌어내렸습니다.

“참으로 통통하고 아름답구나! 견과류를 먹고 살이 찐 게 틀림없어.”

길고 몇 가닥 안 되는 턱수염과 긴 눈썹이 눈까지 내려 덮은 산적의 아내가 외쳤습니다.

“살찐 어린 양처럼 맛이 좋을 거야! 얼마나 맛있을까!”

산적의 아내는 번쩍이는 칼을 꺼냈는데 보기에도 꽤 겁이 났습니다.

“악!”

그 순간 산적의 아내가 비명을 질렀습니다. 등 뒤에 매달려 있던 어린 딸이 엄마의 귀를 물었던 것입니다. 어린 딸은 제멋대로 굴고 버릇이 없어 다루기가 버거워 보였습니다.

"이 말썽꾸러기야!"

산적의 아내가 딸을 혼내는 통에 게르다는 겨우 목숨을 구할 수 있었습니다.

산적의 딸이 말했습니다.

"나는 저 아이와 함께 놀고 싶어. 저 애가 끼고 있는 토시와 예쁜 드레스를 가질 거야. 그리고 내 침대에서 함께 잘 거야!"

딸이 다시 한 번 엄마의 귀를 물었고, 산적의 아내는 아파서 펄쩍 뛰며 빙글빙글 주위를 돌았습니다.

"한번 봐! 엄마와 어린 딸이 어떻게 춤을 추고 있는지."

산적들이 웃으며 말했습니다.

"나는 마차 안으로 들어갈 거야."

딸이 마차에 올랐습니다. 그녀는 아주 버릇없고 고집불통이라 늘 마음대로 행동했습니다. 산적의 딸과 게르다는 마차에 탔습니다. 그리고 쓰러진 나무 그루터기와 가시덤불을 넘어 숲속으로 점점 더 깊이 들어갔습니다. 산적의 딸은 게르다와 비슷한 키였지만 힘은 더 강했고 어깨도 넓었으며 피부는 가무잡잡했습니다. 그리고 새카만 눈동자에는 왠지 모를 슬픔이 비쳤습니다. 산적의 딸이 게르다에게 팔을 두르며 말했습니다.

"내가 너에게 화를 내지 않는 한 누구도 널 해치지 못할 거야. 너는 공주가 확실하지?"

어린 게르다는 말했습니다.

"아니야."

게르다는 아니라고 대답하며 산적의 딸에게 지금까지 일어났던 모든 일과 자신이 카이를 얼마나 좋아하고 걱정하는지에 대해 말했습니다.

산적의 딸은 진지한 눈빛으로 게르다를 쳐다보고 고개를 가볍게 끄덕이며 말했습니다.

"심지어 내가 너에게 화를 낸다 하더라도 그들이 널 죽이지 못하게 할 거야. 차라리 내 스스로 할 거야."

산적의 딸은 게르다의 눈물을 닦아 주고는 부드럽고 따뜻한 토시 안에 두 손을 넣었습니다.

드디어 산적들이 사는 성 마당에 마차가 멈췄습니다. 그 성곽은 꼭대기에서부터 바닥까지 길게 금이 가 있었습니다. 뻥 뚫린 구멍을 통해 까치와 까마귀들이 날고 있었고, 마치 혼자서도 사람을 삼킬 수 있을 것 같은 불도그들이 펄쩍펄쩍 뛰어올랐습니다. 하지만 잘 길들였는지 짖지는 않았습니다.

크고 낡은 우묵한 방에 들어서니 돌바닥 위에서 커다란 불이 활활 타오르고 있었습니다. 연기가 천장까지 차서 돌 아래로 사라지거나 스스로 배출구를 찾아다녔습니다. 커다란 가마솥에서는 수프가 끓고 있었고, 토끼 몇 마리가 쇠꼬챙이 위에서 구워지고 있었습니다.

산적의 딸이 말했습니다.

"오늘 밤 여기에서 내가 키우는 동물들과 함께 자야 해."

그들은 실컷 먹고 마신 후 짚과 카펫이 깔린 모퉁이로 갔습니다. 그들 옆에 서까래와 횃대 위에는 백 마리쯤 되는 비둘기가 앉아 있었습니다. 겉보기에는 잠이 든 것처럼 보였는데 산적의 딸이 다가가자 몸을 살짝 움직였습니다.

산적의 딸이 말했습니다.

"저 비둘기들은 모두 내 것이야."

산적의 딸이 가장 가까이 있던 비둘기 한 마리의 다리를 잡고 날개가 퍼덕이도록 흔들었습니다.

"입을 맞춰!"

산적의 딸이 게르다의 얼굴 앞으로 비둘기를 가져다 댔습니다.

"저기 위에서 비둘기를 키우고 있어."

산적의 딸은 높은 벽에 뚫린 구멍 앞에 묶어 놓은 몇 개의 막대기를 가리키면서 말했습니다.

"저놈들은 숲의 악당이야. 그들을 안에 잘 묶어 두지 않는다면 모두 날아가 버릴 거야. 그리고 이쪽은 내가 좋아하는 오래된 순록이야."

그리고 산적의 딸은 밝은 구리 목걸이를 차고 있는 순록의 뿔을 잡아 끌어당겼습니다.

"우리는 이놈을 안에 넣고 잠가 두어야 해. 그렇지 않으면 그는 달아날 거야. 나는 밤마다 그의 목을 예리한 칼로 간질이곤 하지. 얼마나 겁을 먹는지 몰라!"

그리고 산적의 딸은 벽의 갈라진 틈에서 긴 칼을 꺼내더니 순록의 목을 긁었습니다. 불쌍한 순록이 발길질을 했지만 산적의 딸은 깔깔거리며 웃기만 했습니다. 그리고 게르다를 침대로 이끌고 갔습니다.

게르다가 다소 두려운 눈빛으로 칼을 보며 물었습니다.

"너는 자는 동안에도 칼을 옆에 둘 작정이니?"

산적의 딸이 말했습니다.

"나는 항상 칼과 함께 자. 무슨 일이 일어날지 모르거든. 그건 그렇고, 다시 한 번 카이의 모든 것에 대해 말해 봐. 그리고 네가 이 넓은 세상으로 혼자 모험을 떠나게 된 이유도 말이야."

게르다는 처음부터 다시 이야기를 시작했습니다. 집비둘기들은 모두 잠이 들었고, 산비둘기들만이 머리 위 새장에서 구구거리며 울었습니다. 산적의 딸은 한 팔로 게르다의 목 주위를 감싸고, 다른 손에는 칼을 쥐고 아주 큰 소리로 코를 골며 곯아떨어졌습니다. 모두가 그 소리를 들을 수 있었습니다. 하지만 게르다는 자신이 살지 죽을지 모르기 때문에 도저히 눈을 감을 수 없었습니다. 산적들은 불 주위에 앉아서 노래를 부르고 술을 마셨습니다. 산적의 아내는 여기저기 뛰어다니며 공중제비를 넘었습니다. 어린 게르다가 보기에는 너무나 끔찍한 광경이었습니다.

그때 갑자기 산비둘기들이 말했습니다.

"구구! 구구! 우리는 어린 카이를 봤어요. 하얀 암탉이 그의 썰매를 끌고 가고, 카이는 눈의 여왕의 썰매에 앉아 있었어요. 여왕은 우리가 둥지를 튼 숲 위로 지나갔어요. 눈의 여왕이 입김을 후 불어서 우리 둘을 제외하고 새끼들은 모두가 얼어 죽었어요. 구구! 구구!"

어린 게르다가 소리쳤습니다.

"무슨 말이야? 눈의 여왕이 어디로 갔냐고? 좀 더 아는 게 없니?"

"그녀는 틀림없이 라플란드로 갔을 거예요. 왜냐하면 그곳에는 항상 눈과 얼음이 있거든요. 저기 묶여 있는 순록에게 물어보세요."

그러자 순록이 말했습니다.

"맞아. 그곳에는 얼음과 눈이 가득하지. 아주 멋지고 아름답게! 넓고 하얗게 빛나는 평원을 마음껏 뛰어다닐 수 있어. 눈의 여왕은 그곳에서 여름을 보내지. 하지만 여왕이 진짜로 사는 성은 북극 근처에 있는 스핏스베르겐 섬이야."

게르다는 한숨을 쉬었습니다.

"오, 카이! 불쌍한 어린 카이!"

산적의 딸이 말했습니다.

"너는 조용히 좀 할 수 없니? 그렇지 않으면 내가 너를 이 칼로 찔러 버린다!"

아침이 되자 게르다는 산비둘기가 들려준 모든 이야기를 해 주었습니다. 산적의 딸은 매우 진지해 보였습니다. 산적의 딸이 고개를 끄덕이며 순록에게 물었습니다.

"그건 문제 되지 않아. 너는 라플란드가 어디에 있는지 아니?"

순록이 눈을 반짝이며 대답했습니다.

"누가 나보다 더 잘 알겠어! 그런 동물이 있으면 나와 보라고 해요! 나는 그곳에서 태어나고 자란걸요. 나는 눈이 있는 들판에서 뛰어놀았어요."

산적의 딸이 게르다에게 말했습니다.

"잘 들어! 너도 알다시피 남자들은 모두 나가고 집에는 엄마밖에 없어. 엄마는 계속 나가지 않고 집에 있을 거야. 하지만 아침 늦게 큰 술병에서 술을 한 모금 마시고 나면 위층에 올라가 잠시 눈을 붙일 거야. 그러면 내가 널 도와줄게."

산적의 딸은 침대 밖으로 뛰어내려 엄마에게 쏜살같이 달려갔습니다. 그리고 두 팔로 엄마를 껴안고 턱수염을 잡아당기며 말했습니다.

"좋은 아침! 나의 착한 염소 엄마야."

그러자 엄마는 딸의 코를 잡았고 빨갛고 파랗게 될 때까지 꼬집었습니다. 그러나 이것은 모두 순전히 사랑에서 나온 행동이었습니다.

이윽고 병에 든 술을 마신 엄마가 낮잠에 들었습니다. 산적의 딸은 순록에게 다가가 말했습니다.

"나는 아직도 예리한 칼로 너를 간질이고 싶어. 왜냐하면 아주 재미있기 때문이야. 하지만 걱정하지 마. 난 널 풀어 주고 도와줄 거야. 네가 다시 라플란드로 갈 수 있도록 말이야. 대신 이 어린 소녀를 소꿉친구가 있는 눈의 여왕이 사는 성으로 데려다 줘. 너도 그녀가 말한 모든 것을 들었어. 왜냐하면 게르다는 아주 큰 소리로 말했고, 너는 귀를 기울이고 있었을 테니까."

순록은 매우 기뻐서 껑충거리며 뛰었습니다. 산적의 딸은 어린 게르다를 들어 올려 순록의 등에 태운 다음, 단단히 끈으로 잡아맸습니다. 그리고 깔고 앉을 작은 쿠션도 주었습니다.

산적의 어린 딸이 말했습니다.

"추울 테니까 털 장화는 돌려줄게. 그렇지만 털토시는 내가 가질래. 그건 매우 예쁘거든. 하지만 나는 네가 춥기를 바라지 않아. 자, 안감이 되어 있는 우리 엄마의 장갑을 줄게. 네 팔꿈치까지 들어갈 거야. 장갑을 끼고 있어. 이런, 못생긴 손이 꼭 우리 엄마 손 같네."

게르다는 기뻐서 눈물을 흘렸습니다. 산적의 딸이 말했습니다.

"나는 네가 슬퍼하는 걸 못 보겠다. 지금은 기쁜 표정을 보여야 할 때야. 여기 빵 두 덩어리와 햄이 하나 있어. 이거면 배가 고프지는 않을 거야."

빵과 햄을 순록의 등에 묶었습니다. 산적의 딸은 문을 열고 모든 개들을 불러들였습니다. 그리고 순록을 묶은 밧줄을 칼로 끊으며 말했습니다.

"자, 이제 가 봐! 어린 게르다를 잘 돌봐 줘!"

게르다는 커다란 벙어리장갑을 낀 손을 산적의 딸을 향해 뻗으며 작별 인사를 했습니다. 순록은 숲을 가로질러 딸기나무 덤불과 늪지와 초원 위를 아주 빠르고 힘차게 달렸습니다. 늑대가 울부짖었고 까마귀들이 울어 댔습니다. 하늘은 붉은 빛으로 흔들렸고 누군가 재채기하는 것처럼 "쉭! 쉭!" 하는 소리가 들렸습니다.

순록이 말했습니다.

"저건 예전부터 봤던 오로라예요. 오로라가 얼마나 아름답게 반짝이는지 보세요!"

순록은 훨씬 더 빨리 달렸습니다. 밤낮으로 계속해서 달렸습니다. 빵도 다 먹고, 햄도 다 먹었습니다. 그리고 게르다와 순록은 라플란드에 도착했습니다.

여섯 번째 이야기

라플란드 할머니와 핀란드 여자

게르다와 순록은 작은 오두막 앞에 멈췄습니다. 그런데 그 집은 아주 초라해 보였습니다. 지붕은 거의 땅에 닿을 정도로 내려앉아 있었고, 문은 너무 낮아서 지나가려면 배를 땅에 대고 기어야 할 정도였습니다. 집 안에는 라플란드 할머니만 있었습니다. 할머니는 등잔불 옆에서 생선을 요리하고 있었습니다. 순록은 할머니에게 게르다의 모든 이야기를 들려주었습니다. 물론 그 전에 자신의 이야기도 했습니다. 왜냐하면 순록에게는 자신의 이야기가 훨씬 더 중요했기 때문입니다. 게르다는 온몸이 얼어붙어 한마디도 할 수 없었습니다.

라플란드 할머니는 말했습니다.

"아이고, 불쌍한 것. 너희는 아직도 더 멀리 달려가야 해. 눈의 여왕이 여름을 보내는 핀란드까지 가려면 150킬로미터는 더 가야 해. 그곳에서 여왕은 밤마다 푸른 불꽃을 쏘아 올린단다. 가지고 있는 종이가 없으니 말린 대구 위에 몇 마디 써 줄게. 이것을 저 너머에 사는 핀란드 여자에게 가져다줘. 그녀는 나보다 더 많은 것을 알려 줄 수 있을 거야."

게르다가 몸을 녹이고 음식을 먹는 동안, 라플란드 할머니는 말린 대구 위에 몇 마디 적은 편지를 써서 잘 간직하라며 게르다에게 건넸습니다. 그리고 게르다를 순록에 태워 단단히 묶었습니다. 그러자 순록은 다시 달리기 시작했고, 하늘에서는 밤새 "쉭! 쉭" 소리가 들렸습니다. 머리 위에서는 아름다운 파란 불빛이 밤새도록 타올랐습니다. 마침내 그들은 핀란드에 도착했습니다. 그들은 핀란드 여자가 사는 집의 굴뚝을 두드렸습니다. 그 집에는 문이 없었기 때문입니다.

집 안은 매우 더워서 핀란드 여인은 거의 다 벗고 돌아다녔습니다. 그녀는 키가 작고 지저분했습니다. 그녀는 즉시 게르다의 옷 단추를 풀고, 두꺼운 장갑과 장화를 벗겼습니다. 그렇지 않으면 너무 더워서 견딜 수 없었을 겁니다. 얼음 한 조각을 순록의 머리에 얹은 후, 대구에 쓴 편지를 읽었습니다. 핀란드 여자는 편지를 세 번이나 읽어 나중에는 아예 내용을 외웠습니다. 그러더니 말린 대구를 수프 냄비에 던져 넣었습니다. 그것을 먹는 것은 당연합니다. 핀란드 여자는 먹을 것이라면 무엇이든 절대로 버리지 않았기 때문입니다.

순록은 자신의 이야기를 먼저 한 다음, 게르다의 이야기를 했습니다. 핀란드 여자는 그저 눈을 깜빡일 뿐, 아무 말도 하지 않았습니다.

순록이 말했습니다.

"당신은 아주 현명한 분입니다. 나는 알아요. 당신은 세상의 모든 바람을 모아 하나의 매듭으로 묶을 수 있죠. 선장이 첫 번째 매듭을 풀면 순풍이 불고, 두 번째 매듭을 풀면 세찬 바람이 불어요. 하지만 세 번째와 네 번째를 풀면 숲의 나무가 다 쓰러질 정도로 거센 폭풍이 일어나지요. 그러니 부디 이 소녀에게 약을 줄 수 없나요? 열두 명의 힘을 주어 눈의 여왕을 물리칠 수 있는 묘약을 말이에요."

핀란드 여자는 말했습니다.

"열두 사람의 힘이라고? 그 정도로는 소용없어!"

그녀는 찬장으로 가서 말려 있는 커다란 가죽을 꺼내 왔습니다. 그녀가 가죽을 펼치자 이상한 글자들이 가득 적혀 있는 것이 보였습니다. 그녀는 땀방울이 흐를 때까지 매우 빠른 속도로 열심히 글을 읽었습니다.

순록은 어린 게르다를 위해 진심으로 간청을 했고, 게르다 역시 눈물을 글썽이며 핀란드 여자에게 애원했습니다. 이윽고 핀란드 여자는 눈을 깜박이기 시작했습니다. 그리고 순록을 구석으로 데려가서 머리에 새 얼음을 올려 주며 속삭였습니다.

"맞아. 어린 카이가 눈의 여왕의 집에 함께 있어. 그곳에 있는 모든 것이 카이의 마음에 든 것은 사실이야. 그리고 그곳이 세상에서 가장 좋은 곳이라고 생각하고 있어. 하지만 그렇게 된 이유는 그의 눈과 심장에 박힌 거울 조각 때문이야. 이것들을 먼저 빼내야 해. 그렇지 않으면 그는 절대로 예전의 인간으로 돌아오지 못해. 눈의 여왕이 카이를 계속 지배하게 될 테니까."

"그러니까 당신은 게르다에게 모든 것에 대항할 수 있는 힘을 줄 순 없나요?"

"나는 게르다가 이미 가지고 있는 힘보다 더 큰 힘을 줄 수 없어. 저 아이가 가지고 있는 힘이 얼마나 대단한지 모르겠니? 인간과 동물이 게르다를 얼마나 도와주고 싶어 하는지 보이지 않니? 게르다가 맨발로 세상을 헤쳐 나온 걸 보라고! 하지만 게르다에게 이런 사실을 말해선 안 돼. 게르다의 힘은 마음속에 있어. 착하고 순수한 마음에서 우러나오는 거야. 게르다 혼자 눈의 여왕을 찾아가 카이에게 박힌 거울 조각을 제거할 수 없다면, 우리가 도와줄 수 있는 방법은 없어. 여기서 3킬로미터쯤 가면 눈의 여왕의 정원이 시작될 거야. 게르다를 그곳에 데려다 줘. 눈 속에 빨간 열매가 열린 커다란 덤불 옆에 내려 주면 돼. 그리고 수다 떨지 말고 가능하면 빨리 서둘러 돌아와!"

핀란드 여자는 어린 게르다를 순록 등에 태워 줬고, 순록은 엄청난 속도로 내달렸습니다.

어린 게르다는 소리쳤습니다.

"어머! 장화가 없네! 장갑은 또 어디로 갔지!"

살을 에이는 듯한 추위를 느낀 게르다가 소리쳤습니다. 하지만 순록은 멈추지 않고 계속 달려서 빨간 열매가 열린 커다란 덤불에 도착했습니다. 그곳에 게르다를 내려 주고 입을 맞추었습니다. 맑고 굵은 눈물이 순록의 눈에서 흘러내렸습니다. 순록은 가능한 한 빨리 되돌아갔습니다. 불쌍한 게르다는 무섭고 얼음처럼 차가운 핀란드 한복판에 신발과 장갑도 없이 혼자 서 있었습니다.

게르다는 있는 힘을 다해 계속 뛰었습니다. 그때 엄청나게 많은 눈송이가 게르다를 향해 몰려왔습니다. 하지만 그것은 하늘에서 내리는 눈이 아니었습니다. 하늘은 맑았고 오로라도 반짝반짝 빛나고 있었습니다. 눈송이들은 땅 위를 달렸고, 가까이 다가갈수록 점점 더 커졌습니다. 게르다는 예전에 돋보기를 통해 눈송이를 봤을 때 얼마나 크고 아름다웠는지 잘 기억하고 있었습니다. 그러나 지금 이 눈송이들은 훨씬 크고 기이해서 무시무시했습니다. 눈송이들은 모두 살아 있었습니다. 그들은 눈의 여왕을 지키는 군인이었습니다. 그들은 매우 불가사의한 모양을 하고 있었습니다. 어떤 것들은 크고 못생긴 고슴도치처럼 보였고, 또 어떤 것들은 머리를 내민 채 똬리를 튼 뱀처럼 보였습니다. 그리고 또 어떤 것들은 털을 곤두세우고 있는 작고 뚱뚱한 곰처럼 보였습니다. 이것들은 모두 눈부실 정도로 하얗고 모두가 살아 있는 눈송이였습니다.

어린 게르다는 기도를 올렸습니다. 얼마나 추웠는지 게르다의 입김은 눈앞에서 얼어 연기 기둥으로 변했습니다. 숨을 내쉴수록 연기는 점점 더 짙어지더니 땅에 닿으면서 작은 천사로 변했습니다. 머리에는 투구를 썼고, 손에는 창과 방패를 들고 있었습니다. 천사들의 수가 점점 더 늘어나서 게르다가 기도를 끝냈을 때에는 한 부대가 되어 게르다를 에워쌌습니다. 천사들이 눈송이 군단을 향해 창을 휘두르자 눈송이들은 산산이 부서져 흩어졌습니다. 어린 게르다는 용감하게 앞으로 걸어 나갔습니다. 천사들은 게르다의 손과 발을 가볍게 문질러 주었습니다. 그러자 게르다는 추위를 덜 느꼈고 계속해서 눈의 여왕의 성을 향해 힘차게 나아갔습니다.

이제 우리의 어린 카이가 어떻게 지내고 있는지 돌아봐야 할 차례입니다. 카이는 게르다에 대해서 전혀 생각하지 않았습니다. 게르다가 성 앞에 서 있을 거라곤 상상조차 하지 못했습니다.

일곱 번째 이야기

눈의 여왕의 성에서 일어난 일과 그 뒤에 일어난 일

성의 벽은 휘몰아치는 눈으로 덮여 있었고, 창과 문은 칼날 같은 찬바람이 뚫어 놓았습니다. 성안에 있는 100개가 넘는 홀도 눈보라가 만든 것이었습니다. 가장 큰 홀의 길이는 몇 킬로미터나 되었습니다. 모든 홀은 강력한 오로라에 의해서 밝게 빛났고, 얼음처럼 차갑고 눈부시게 반짝였습니다.

그곳에는 어떤 즐거움도 없었습니다. 심지어 폭풍의 연주에 맞추어 앞발을 들고 뒷다리로 걸어가며 발동작을 뽐내는 곰들의 작은 무도회조차 없었습니다. 벌칙으로 손이나 등을 때리는 카드놀이도 하지 않았습니다. 하얀 여우 아가씨들이 차를 마시며 소곤거리는 다과회도 없었습니다. 눈의 여왕의 홀은 거대하고 춥고 텅 비어 있었습니다. 오로라가 매우 규칙적으로 빛나서 그들이 가장 밝게 빛날 때와 가장 어두울 때가 언제인지 누구나 정확히 알 수 있었습니다. 텅 비고 한없이 큰 홀 한가운데에 얼어붙은 호수가 있었습니다. 그것은 수천 개의 조각으로 갈라져 있었습니다. 그러나 각각의 조각은 서로 닮아서 정교한 기능공의 작품 같았습니다. 눈의 여왕은 성에 머무를 때면, 호수 한가운데에 앉아 있었습니다. 그러고는 호수를 세상에서 단 하나뿐인 가장 훌륭한 '이성의 거울'이라고 불렀습니다.

어린 카이는 추위로 몸이 시퍼렇다 못해 거의 시커멓게 변해 있었습니다. 하지만 정작 자기 자신은 알아차리지 못했습니다. 왜냐하면 눈의 여왕이 입을 맞춰 추위를 느끼지 못하도록 했고, 심장은 얼음덩어리로 만들어 버렸기 때문입니다. 카이는 끝이 뾰족하고 평평한 얼음 조각을 끌고 다녔습니다. 그리고 평평한 나무 조각을 가지고 노는 것처럼 얼음 조각 퍼즐을 요리조리 맞춰 여러 가지 모양을 만들었습니다. 카이는 갖가지 종류의 모형을 아주 복잡하고 독창적인 형태로 만들었습니다. 카이의 눈에는 그 모형들이 대단히 아름답고 최고로 중요하게 보였습니다. 왜냐하면 카이의 눈에 박힌 거울 조각들이 그렇게 보이도록 했기 때문입니다. 카이는 조각으로 여러 낱말을 만들었지만, 가장 원했던 '영원'이란 단어는 절대로 만들 수 없었습니다.

눈의 여왕은 말했습니다.

"네가 그 모형을 만들 수 있다면 너는 자유의 몸이 될 거야. 그리고 나는 너에게 온 세상과 새 스케이트 한 켤레를 선물로 줄 거야."

하지만 카이는 그 낱말을 만들 수 없었습니다.

눈의 여왕이 말했습니다.

"이제 나는 따뜻한 나라로 갈 거야. 검은 솥을 들여다봐야겠구나."

그 검은 솥은 에트나와 베수비오 산 같은 화산을 뜻했습니다.

"나는 그것들을 흰색으로 칠해야겠어. 마땅히 그래야 되거든. 오렌지와 포도가 잘 자라려면 그렇게 하는 게 좋아."

그러고 나서 눈의 여왕은 날아가 버렸습니다. 어린 카이는 몇 킬로미터나 되는 텅 빈 얼음 홀에 홀로 앉아 얼음 조각들을 바라보며 머리가 터질 정도로 생각하고 또 생각했습니다. 카이는 얼빠진 채로 꼼짝 않고 앉아 있었습니다. 사람들은 카이가 얼어 죽을 거라 생각했습니다.

그때 어린 게르다가 바람이 뚫어 놓은 커다란 문을 통해 성안으로 걸어 들어왔습니다. 사나운 바람이 게르다에게 불었습니다. 하지만 게르다가 기도를 드리자, 잠이라도 든 것처럼 바람이 잠잠해졌습니다. 게르다는 넓고 텅 비어 있는 추운 홀로 들어갔습니다. 그곳에서 게르다는 카이를 보았습니다. 게르다는 카이를 한눈에 알아보았고 쏜살같이 달려가 두 팔로 카이의 목을 끌어안고 부르짖었습니다.

"카이야! 사랑하는 카이야! 드디어 내가 널 찾았구나!"

하지만 카이는 얼어붙은 몸으로 얼빠진 채 꼼짝도 않고 앉아 있었습니다. 어린 게르다는 뜨거운 눈물을 흘렸습니다. 그 뜨거운 눈물은 카이의 가슴에 떨어져 심장으로 스며들더니, 얼음덩어리를 녹이고 거울 조각을 씻어 냈습니다. 카이는 게르다를 쳐다보았습니다. 게르다는 찬송가를 불렀습니다.

장미꽃 만발한 골짜기 아래
우리 아기 예수 함께하시네.

카이는 찬송가를 듣고 갑자기 울었습니다. 어찌나 많이 울었는지 거울 조각이 눈물을 타고 굴러 나왔습니다. 그러자 카이는 게르다를 알아보고 소리쳤습니다.

"게르다야! 사랑하는 게르다야! 그렇게 오랫동안 어디에 있었니? 나는 또 어디에 있는 거니?"

카이는 주위를 둘러보았습니다.

"여기는 정말로 추워! 게다가 텅텅 비어 있잖아!"

카이는 기뻐서 웃고 울고 있는 게르다를 꽉 껴안았습니다. 그 광경이 너무 아름다워 얼음 조각들도 기쁨에 겨워 춤을 추었습니다. 춤을 추다 지친 얼음 조각들이 땅 위로 녹아내리면서 어떤 낱말을 만들었습니다. 그 낱말은 카이가 자유의 몸이 되고 온 세상과 새 스케이트를 얻기 위해서 반드시 만들어야 하는 낱말이었습니다.

게르다가 카이의 볼에 입을 맞추자 카이의 뺨이 붉게 물들어 생기가 돌았습니다. 다시 게르다는 카이의 눈에 입을 맞췄고, 카이의 눈이 게르다의 눈처럼 반짝반짝 빛이 났습니다. 이번에는 카이의 손과 발에 입을 맞췄습니다. 그러자 이번에는 힘과 기운이 되살아났습니다. 이제 눈의 여왕이 돌아오더라도 상관없었습니다. 카이에게 자유를 선물해 줄 글자가 바닥에서 눈부시게 빛나고 있었기 때문입니다.

카이와 게르다는 손을 잡고 커다란 홀 밖으로 걸어 나갔습니다. 그들은 함께 걸으며 할머니와 지붕 위의 장미에 대해 이야기했습니다. 그들의 발길이 닿는 곳마다 거센 바람은 맹렬함을 멈추고 해님이 나타나 햇살이 비쳤습니다. 카이와 게르다가 빨간 열매가 열린 덤불에 도착하자 순록이 기다리고 있었습니다. 그 순록은 암순록과 함께 있었습니다. 암순록의 배에는 어린 새끼들에게 줄 따뜻한 젖이 가득했습니다. 암순록은 카이와 게르다의 입술에 입을 맞췄습니다. 순록은 카이와 게르다를 태우고 먼저 핀란드 여자에게 데려다 주었습니다. 카이와 게르다가 따뜻한 방에서 몸을 녹이는 동안 핀란드 여자가 집으로 돌아가는 길을 가르쳐 주었습니다. 카이와 게르다는 라플란드 할머니에게 갔습니다. 할머니는 카이와 게르다에게 새 옷을 만들어 주고 썰매를 수리해 주었습니다.

순록과 암순록은 카이와 게르다를 따라서 뛰었습니다. 그리고 초록 잎이 돋기 시작하는 국경까지 함께 갔습니다. 카이와 게르다는 순록과 라플란드 할머니에게 작별 인사를 했습니다.

"안녕!"

"안녕히 계세요!"

여기저기서 푸르른 새싹이 나왔고, 작은 새들이 지저귀는 소리가 들리기 시작했습니다. 빨간색 모자를 쓰고 총 두 자루로 무장한 젊은 아가씨가 말을 타고 숲에서 나왔습니다. 게르다는 그 멋진 말이 황금 마차를 끌었던 말임을 알아보았습니다. 집에 있는 게 싫증이 난 산적의 딸이 북쪽으로 여행을 떠나던 중이었습니다. 그곳에도 재미있는 일이 없다면 또 다른 곳으로 떠날 작정이었습니다. 산적의 딸은 게르다를 알아봤고, 게르다 역시 그녀를 알아봤습니다. 아주 반가운 만남이었습니다.

산적의 딸이 카이를 보며 말했습니다.

"사라져 버린 소꿉친구가 바로 너구나! 너를 찾으러 한 사람이 세상 끝에서 끝까지 뛰어다닐 만한 가치가 있는지 없는지 정말로 궁금한걸."

게르다는 어린 산적의 뺨을 쓰다듬으며 왕자와 공주의 안부를 물었습니다.

"그들은 외국으로 여행을 떠났어."

게르다가 물었습니다.

"그러면 까마귀는?"

"아, 그 까마귀는 죽었어. 그의 상냥한 아내는 과부가 되어서 다리에 까만 털실을 묶고 있어. 애처로울 정도로 슬퍼하면서 지내지. 하루 종일 푸념을 늘어놓는데, 하나같이 그렇고 그런 이야기뿐이야! 자, 이제 네가 그동안 무엇을 했는지 그리고 어떻게 네가 카이를 찾을 수 있었는지 말해 줘."

게르다와 카이는 지금까지의 이야기를 들려주었습니다.

산적의 딸이 말했습니다.

"정말 마법 같은 일이야!"

산적의 딸이 카이와 게르다의 손을 잡았습니다. 그리고 언젠가 그들이 사는 마을을 지나게 되면 들르겠다고 약속을 했습니다. 그러고 나서 말을 타고 넓은 세상으로 달렸습니다. 카이와 게르다는 서로의 손을 잡았습니다.

풍성한 꽃과 신록이 우거진 화창한 봄이었습니다. 교회의 종이 울렸고 아이들은 높이 서 있는 탑과 그들이 살았던 큰 도시를 알아보았습니다. 카이와 게르다는 거실 계단을 뛰어올라 서둘러 할머니의 방으로 갔습니다. 모든 것은 예전과 같은 자리에 있었습니다. 째깍째깍! 소리를 내며 돌아가는 시곗바늘도 여전했습니다. 하지만 문을 열고 들어서는 순간, 두 사람은 자신들이 이제는 다 자라나 어른이 되었다는 걸 깨달았습니다. 열린 창문으로 활짝 핀 장미가 눈에 들어왔습니다. 그곳에는 자신들이 앉던 의자가 그대로 놓여 있었습니다. 카이와 게르다는 서로의 손을 잡고서 의자 위에 앉았습니다. 이제 차갑고 황량했던 눈의 여왕과 화려한 성에 대한 기억이 모두 사라졌습니다. 그저 고통스런 꿈에 지나지 않았습니다. 할머니는 밝은 햇살 아래 앉아 큰 소리로 성경 구절을 읽고 있었습니다.

"너희가 어린아이와 같지 않으면 결국 천국에 들어갈 수 없을지니라."

카이와 게르다는 서로의 눈을 들여다보았습니다. 그리고 갑자기 오래된 옛 찬송가를 이해하게 되었습니다.

장미꽃 만발한 골짜기 아래
우리 아기 예수 함께하시네.

자리에 앉은 카이와 게르다는 어른이 되었지만 적어도 마음만은 여전히 아이들이었습니다. 바야흐로 눈부시고 화창한 여름이었습니다.

먼 바다의 바닷물은 가장 아름다운 수레국화의 꽃잎처럼 푸르고 가장 맑은 유리처럼 투명하며 매우 깊어서 어떠한 닻줄도 닿을 수 없습니다. 바다 바닥에서 수면까지 닿으려면 수많은 교회의 첨탑들을 차곡차곡 쌓아야 합니다. 이렇게 깊은 바닷속에 인어가 살고 있습니다.

바다의 바닥에 온전히 하얀 모래만 있다고 생각하지 마십시오. 그것은 사실이 아닙니다. 아주 멋진 나무와 꽃들이 저 아래 깊은 곳에서 자라고 있습니다. 그들은 아주 유연한 줄기와 이파리를 가지고 있기 때문에 약간의 움직임은 마치 그들이 살아 있는 것처럼 이리저리 움직이게 합니다. 이곳 물 밖에 있는 나무 사이로 새들이 날아다니는 것처럼 크고 작은 모든 종류의 물고기는 나뭇가지 사이를 홱홱 헤엄쳐 다닙니다. 바닷속 가장 깊은 곳에는 궁전이 우뚝 서 있습니다. 궁전의 벽은 산호로, 높고 뾰족한 창문은 투명한 호박 보석으로 만들어졌습니다. 그러나 지붕은 조류의 흐름에 따라 열리고 닫히는 홍합 껍데기로 만들어져 있습니다. 이것은 보기에 아주 멋진 광경입니다. 모든 껍데기는 반짝이는 조개를 담고 있었고, 그 진주 하나하나는 왕비님의 왕관을 화려하게 장식할 수 있기 때문입니다.

저 깊은 곳에 자리한 바다의 용왕은 왕비가 세상을 떠난 후 오랜 세월 홀로 지내 왔습니다. 용왕의 나이 든 어머니는 그를 위해 살림을 도맡았습니다. 용왕의 어머니는 아주 현명한 분이었고, 자신이 귀족이라는 것을 매우 자랑스러워했습니다. 그래서 용왕의 어머니는 꼬리에 열두 개의 굴을 자랑삼아 달고 다녔습니다. 다른 귀부인들은 단지 여섯 개만 달도록 허용되었습니다. 이것만 빼면 그녀는 아주 찬사를 받을 만한 분이었습니다. 왜냐하면 그녀는 손녀딸들인 인어공주들을 무척 좋아했기 때문입니다. 여섯 명의 인어공주들은 모두 아름다웠지만 그중에서도 막내에게 가장 빛이 났습니다. 그녀의 피부는 장미 꽃잎처럼 부드러웠고 눈은 깊은 바다처럼 푸르렀습니다. 하지만 다른 언니 공주들과 마찬가지로 다리가 없었고 몸 끝에는 물고기 꼬리가 달려 있었습니다.

하루 종일 그들은 깊은 바닷속 궁전에 있는 커다란 방에서 놀곤 했습니다. 그 벽 위에는 진짜 꽃들이 자라고 있었습니다. 방의 높은 곳에는 호박으로 만든 창문이 있었습니다. 그 창문이 열릴 때면 물고기 떼는 안으로 헤엄쳐 들어왔고,물고기들은 어린 공주들이 주는 먹이를 받아먹었습니다. 공주들은 물고기들을 쓰다듬어 주었습니다.

궁전 밖에는 불꽃처럼 빨갛고 검푸른 나무가 자라는 커다란 정원이 있었습니다. 그들의 열매는 황금처럼 빛났고 그들의 꽃은 끊임없이 흔들리는 줄기 위에서 불꽃처럼 빨갛게 피어났습니다. 토양은 아주 고운 모래였지만 색깔은 타고 있는 유황 불꽃처럼 파르스름했습니다. 신비하고 이상한 푸른 연막이 바닷속 깊은 곳에 있는 모든 것을 덮었습니다. 만약 사람들이 그곳에 가면 깊은 바닷속 바닥에 서 있다는 생각보다는 위아래가 푸른 하늘에 높이 떠 있다고 착각했을 겁니다. 그리고 물결이 잦아들어 아주 고요할 때에는 빛줄기가 꽃받침에서 흘러나오는 주홍빛 꽃처럼 빛나는 태양을 볼 수 있었습니다.

어린 공주들은 자신만의 작은 정원을 가지고 있었습니다. 공주들은 그곳에 땅을 파서 좋아하는 것은 무엇이든 심을 수 있었습니다. 공주들 중 한 명은 고래 모양으로 화단을 만들었고, 또 다른 공주는 제 모습을 본떠 인어 모양으로 정원을 만들기도 했습니다. 하지만 막내 인어공주는 태양처럼 둥근 정원을 만들었습니다. 막내 인어공주는 그곳에서 태양처럼 빨갛게 빛나는 꽃들이 피어나기를 바랐습니다. 막내 인어공주는 말이 없고 자주 생각에 잠기며 호기심이 많았습니다. 공주들이 가라앉은 배에서 찾은 모든 종류의 이상한 것들로 정원을 장식했을 때, 막내 인어공주는 태양처럼 빨간 꽃과 예쁜 대리석 동상 외에는 정원에 어떤 것도 허용하지 않았습니다. 아주 투명하고 하얀 대리석으로 조각된 잘생긴 소년 동상은 난파된 배에서 떨어져 나와 바닷속으로 가라앉았습니다. 막내 인어공주는 그 동상 외에 장밋빛 색깔의 수양버들을 심었습니다. 수양버들은 매우 잘 자라서 동상 위에 그늘을 만들며 잎이 달린 가지를 파란 모래까지 축 늘어뜨렸습니다. 그러면 나뭇가지의 그림자는 보랏빛을 띠었고 나뭇가지가 움직일 때마다 이리저리 따라 움직였습니다. 그것은 마치 뿌리와 나뭇가지 끝이 서로 장난으로 입맞춤을 하고 있는 것처럼 보였습니다.

바다 위 인간 세상에 대해 이야기를 듣는 것만큼 막내 인어공주에게 즐거움을 주는 일은 없었습니다. 할머니는 배와 도시, 그리고 사람과 동물에 대해서 알고 있는 모든 것을 막내 인어공주에게 이야기해 주었습니다. 막내 인어공주에게 가장 신기하고 놀라운 이야기는 지상에서는 꽃들에게 향기가 있다는 것이었습니다. 왜냐하면 바다에 있는 꽃들은 향기가 없었기 때문입니다. 숲속의 나무가 푸르다는 것과 나무 사이를 날아다니는 물고기들이 얼마나 맑고 다정하게 노래하는지도 알았습니다. 할머니는 어린 새들을 물고기라고 불렀습니다. 왜냐하면 공주들은 새를 한 번도 본 적이 없었기 때문입니다. 그래서 할머니가 무슨 말을 하는지 알아듣지 못할 때도 있었습니다.

할머니가 말했습니다.

"너희가 열다섯 살이 되면 바다 위로 올라갈 수 있단다. 달빛이 비치는 바위 위에 앉아서 지나가는 커다란 배와 숲과 도시를 보게 될 거야."

내년이면 첫째 공주가 열다섯 살이 됩니다. 공주들은 한 살 터울이었으므로, 막내 인어공주가 물위로 올라와 세상을 보려면 꼬박 5년을 기다려야 했습니다. 공주들은 바다 위로 올라가 자신이 본 모든 것과 첫날 가장 신기하다고 생각했던 것을 다른 공주들에게 말해 주기로 약속했습니다. 공주들은 할머니의 이야기만으로는 만족할 수 없었습니다. 공주들은 궁금하고 알고 싶은 것들이 너무 많았기 때문입니다.

그들 중에서 바다 위 세상을 가장 많이 알고 싶어 하는 공주는 아주 조용하고 수시로 생각에 잠기는 막내 인어공주였습니다. 여러 날 밤 막내 인어공주는 열린 창가에 서서 물고기들이 지느러미와 꼬리를 하늘거리며 다니는 짙푸른 물 사이로 위를 올려다보았습니다. 그녀는 단지 달과 별만 볼 수 있었습니다. 그들의 불빛은 너무나 흐릿했지만 물을 통해서 보았기 때문에 달과 별은 우리에게 보이는 것보다 훨씬 더 크게 보였습니다. 구름 같은 그림자가 그들을 가로질러 지나갈 때마다 머리 위로 헤엄치는 고래거나 많은 사람들이 타고 있는 배라는 것을 그녀는 알았습니다. 어리고 예쁜 인어공주가 저 아래 바닷속 깊은 곳에서 하얀 팔을 배 쪽을 향해 쳐들고 있다는 사실을 사람들은 꿈에도 생각하지 못했습니다.

드디어 첫째 공주가 열다섯 번째 생일을 맞았습니다. 첫째 공주는 이제 물 밖으로 올라갈 수 있는 허락을 받았습니다. 그녀가 돌아왔을 때 동생들에게 말해 줄 백여 가지 이야기가 있었습니다. 그녀의 말에 따르면 무엇보다 가장 신기한 것은 바다가 잔잔할 때 달빛이 비치는 모래 언덕에 누워 해안가에 있는 수백 개의 별처럼 불빛이 깜박이는 커다란 도시를 바라보는 것이었습니다. 그리고 음악 소리와 사람들의 대화하는 소리를 듣는 것, 아주 많은 교회의 탑과 첨탑을 보는 것, 울려 퍼지는 종소리를 듣는 것이었습니다. 그녀는 도시에 더 가까이 다가갈 수 없었기 때문에 마음이 그곳을 더 갈망했다고 했습니다.

아! 막내 인어공주는 얼마나 열심히 귀 기울여 들었는지 모릅니다. 그날 저녁 막내 인어공주는 열린 창가에 서서 짙푸른 바다를 올려다보며 잡담과 소음이 끊이지 않는 커다란 도시에 대해 생각했고, 자신이 있는 이 깊은 바다까지 교회의 종소리가 울리는 듯한 환상에 빠졌습니다.

다음 해가 되자 둘째 공주에게 바다 위로 올라가서 가고 싶은 곳 어디나 헤엄쳐서 가도 좋다는 허락이 떨어졌습니다. 그녀는 막 해가 질 무렵에 올라갔습니다. 이 풍경은 그녀가 지금까지 본 가장 신기하고 아름다운 광경이라고 말했습니다. 하늘은 온통 황금빛으로 빛났고, 말로는 표현할 수 없을 정도로 붉은빛과 보랏빛으로 물든 구름이 그녀의 머리 위로 떠다녔습니다. 하지만 백조 떼는 떠다니는 구름보다 훨씬 더 빠른 속도로 석양을 향해 바다를 가로질러 지나갔습니다. 바다 위의 백조 떼들은 길고 하얗게 펼쳐진 면사포 같았습니다. 둘째 공주 또한 지는 해를 보며 헤엄쳐 갔습니다. 해는 곧 물속으로 사라졌고, 모든 장밋빛 노을도 바다와 하늘에서 사라졌습니다.

다시 1년이 지나 이번에는 셋째 공주가 물 밖으로 올라갔습니다. 그녀는 공주들 중에서 가장 용감했기 때문에 바다로 흘러드는 드넓은 강을 거슬러 올라갔습니다. 그녀는 아름답고 푸르게 물들인 포도 덩굴 언덕을 보았습니다. 궁전과 대저택들이 아름다운 숲 사이로 힐끗 보였습니다. 그녀는 모든 새가 노래 부르는 것을 들었습니다. 태양이 매우 밝게 빛났기 때문에 그녀는 달아오른 얼굴을 식히기 위해 물속으로 들어가야 했습니다. 작은 만에서 그녀는 발가벗은 채로 물속에서 첨벙첨벙 물장구치며 노는 한 무리의 어린아이들을 보게 되었습니다. 그녀는 그들과 함께 놀고 싶었지만 아이들은 겁을 먹고 달아나 버렸습니다. 그러자 작고 검은 동물이 나타났습니다. 그것은 개였으나 그녀는 전에 개를 본 적이 없었습니다. 그 개가 몹시 사납게 짖는 바람에 그녀도 겁이 났습니다. 깜짝 놀란 셋째 공주는 드넓은 바다로 도망쳤습니다. 하지만 아름다운 숲과 푸른 언덕, 그리고 물고기처럼 꼬리가 없어도 물속에서 헤엄칠 수 있었던 멋진 아이들을 잊을 수가 없었습니다.

넷째 공주는 모험심이 많지 않아서 거친 파도가 치는 먼 바닷속에 머물러 있었습니다. 그녀는 그곳이 다른 어떤 곳보다 멋진 장소라고 말했습니다. 그녀는 드넓은 바다가 끝없이 펼쳐져 사방을 둘러볼 수 있었고, 머리 위 하늘은 유리로 만든 커다란 종 같았습니다. 멀리 보이는 배는 바다 갈매기처럼 보였습니다. 장난기 많은 돌고래는 공중제비를 돌았고, 괴물 같은 고래들은 콧구멍으로 물을 뿜어냈습니다. 그래서 그것은 마치 수백 개의 분수가 사방에서 물을 뿜어내는 것처럼 보였습니다.

드디어 다섯째 공주의 차례가 왔습니다. 그녀의 생일은 겨울이었습니다. 그래서 그녀는 다른 공주들이 보지 못했던 것들을 보았습니다. 바다는 짙푸른 색이었고 거대한 빙산은 여기저기 떠다녔습니다. 각각의 빙산은 진주처럼 반짝였습니다. 하지만 빙산들은 인간이 세운 교회의 어떤 첨탑보다도 훨씬 높았다고 그녀는 말했습니다. 그녀는 긴 머리를 바람에 휘날리면서 가장 큰 빙산 위에 앉았습니다. 빙산을 보자마자 그 옆을 항해하던 모든 배는 겁을 먹고 쏜살같이 도망갔습니다.

어두운 밤이 되자 하늘은 구름으로 뒤덮였습니다. 천둥이 우르릉 쾅 쳤으며 번개는 하늘을 가로질러 번뜩였습니다. 검은 파도는 거대한 빙산을 높게 들어 올려서 번개가 칠 때마다 번쩍번쩍 빛이 났습니다. 모든 배에서는 돛을 내렸고 두려움에 떨고 있었습니다. 그러나 그녀는 공포와 전율 속에서 조용히 떠다니는 빙산 위에 앉아 파란 번개 불빛이 바다에 내리치는 것을 보았습니다.

인어공주들은 바다 표면으로 올라가서 아름답고 새로운 광경을 보며 즐거워했습니다. 그러나 인어공주들이 다 자라나 어른이 되어 가고 싶은 곳 어디든지 갈 수 있게 되었을 때, 그들은 흥미를 잃었습니다. 한 달만 지나면 집을 그리워했고, 바다 밑처럼 좋은 곳은 없다고 말했습니다. 인어공주들은 궁전에서 지내는 게 훨씬 편안하게 느껴졌습니다.

저녁이 되면 다섯 공주들은 한 줄로 팔짱을 끼고 바다 위로 올라가곤 했습니다. 공주들은 인간의 목소리보다 더 아름답고 고운 목소리를 가지고 있었습니다. 폭풍우가 몰아칠 때 인어공주들은 배 앞으로 헤엄쳐 가서는 아주 매혹적인 목소리로 깊은 바다의 즐거움을 노래했습니다. 인어공주들은 바닷속으로 가라앉는 것에 대해 두려워하는 선원들을 위해 노래했지만, 선원들은 결코 인어공주들의 노래를 이해하지 못했습니다. 오히려 그 노랫소리를 폭풍우가 몰아치는 소리로 오해했습니다. 또한 선원들은 깊은 곳의 아름다움을 볼 수 없었습니다. 배가 가라앉아 선원들이 용왕의 궁전에 닿을 수 있을 때, 그들은 익사했기 때문입니다.

인어들이 팔짱을 끼고 바다 위로 올라가는 저녁이 되면 막내 인어공주는 혼자 남아 있었습니다. 막내 인어공주는 울고 싶었지만 인어들은 눈물을 흘리지 못했습니다. 그래서 훨씬 더 많이 괴로웠습니다.

"내가 열다섯 살이면 얼마나 좋을까. 바다 위에 지상 세계와 그 세상에 살고 있는 모든 사람들을 사랑하게 될 텐데."

막내 인어공주는 이렇게 말하곤 했습니다.

그리고 마침내 그녀 또한 열다섯 살이 되었습니다. 나이 많은 할머니가 말했습니다.

"이제 너도 나의 손을 벗어날 정도로 다 컸구나. 이리 오렴. 언니들처럼 예쁘게 꾸며 줄게."

할머니가 막내 인어공주의 머리에 하얀 백합 화관을 씌어 주었습니다. 화관의 꽃잎은 하나하나가 반으로 가른 진주로 만들어졌습니다. 할머니는 높은 신분의 증표로서 여덟 개의 커다란 굴을 공주의 꼬리에 묶어 주었습니다. 막내 인어공주는 말했습니다.

"아얏! 아파요."

할머니가 막내 인어공주에게 말했습니다.

"예뻐지기 위해서는 참아야 한단다."

거추장스런 장식들은 모두 떼어 버리고 아프고 무거운 화관도 벗어 버리면 얼마나 좋을까요! 막내 인어공주에게는 정원에 있는 빨간 꽃들이 훨씬 더 잘 어울렸지만 감히 바꿀 수 없었습니다.

"다녀올게요."

막내 인어공주는 이렇게 말하고 물거품처럼 가볍게 반짝이면서 물속을 가로질러 올라갔습니다.

그녀의 머리가 수면 위에 막 닿았을 때 해가 졌습니다. 구름은 황금빛과 장밋빛으로 빛나고 있었습니다. 아름답게 물든 하늘에서는 초저녁 샛별이 반짝반짝 빛났습니다. 공기는 부드럽고 상쾌했으며 바다는 잔잔했습니다. 바람이 잔잔하여 세 개의 돛대가 달린 커다란 배 한 척은 하나의 돛만 올린 채 바다 위에 떠 있었습니다. 선원들은 갑판 위에 앉아서 시간을 보냈습니다. 배 위에서는 음악과 노랫소리가 들려왔습니다 밤이 다가오자 선박 안에는 수백 개의 형형색색 등불이 켜졌습니다.

막내 인어공주는 헤엄을 쳐서 선실의 창까지 다가갔습니다. 파도에 실려 그녀가 솟아 올라갈 때마다 맑은 창유리를 통해 멋지게 옷을 차려입은 사람들을 들여다볼 수 있었습니다. 그들 중 가장 잘생긴 사람은 크고 검은 눈동자를 가진 젊은 왕자였습니다. 그는 열여섯 살 정도로 보였습니다. 그날은 왕자의 생일이었고 축하 잔치를 벌이고 있었습니다. 갑판 위에서는 선원들이 춤을 추고 있었고, 왕자가 그들 사이에 나타났을 때 백 개 이상의 폭죽을 하늘로 쏘아 올렸습니다. 하늘은 대낮처럼 환해졌습니다.

인어공주는 깜짝 놀라 물속으로 숨었습니다. 하지만 이내 바다 위로 머리를 드러냈습니다. 하늘에 뜬 모든 별이 인어공주 주변으로 떨어지는 것 같았습니다. 인어공주는 지금까지 그런 불꽃놀이를 본 적이 없었습니다. 커다란 태양들이 주위를 맴돌았고 화려한 물고기들은 빛을 내며 파란 하늘 사이를 떠다니는 듯했습니다. 이 모든 것들은 수정처럼 맑은 바닷속에 그대로 내비쳤습니다. 너무나도 환해서 배 위에 있는 작은 밧줄은 물론 멀리서도 사람들을 볼 수 있었습니다. 아, 젊은 왕자는 얼마나 멋있었는지 모릅니다. 음악 소리가 아름다운 밤하늘에 울려 퍼지고 잘생긴 왕자는 미소를 지으며 사람들과 악수를 나누었습니다.

밤이 깊어 갔습니다. 하지만 막내 인어공주는 배와 잘생긴 왕자에게서 눈을 뗄 수가 없었습니다. 밝게 형형색색으로 켜졌던 등불도 이제는 다 꺼졌습니다. 더 이상의 폭죽도 공중으로 날아가지 않았습니다. 더 이상의 축포 소리도 들리지 않았습니다. 하지만 바닷속 깊은 곳에서는 무언가 덜컥거리는 소리가 났습니다. 커다란 파도가 계속해서 인어공주를 높이 올려 주어 선실 안을 들여다볼 수 있었습니다.

이제 배는 항해하기 시작했습니다. 커다란 구름이 몰려왔고 멀리서는 번개가 쳤습니다. 그들은 무시무시한 폭풍 속으로 들어가고 있었습니다. 선원들은 서둘러 돛을 접었습니다. 거대한 배는 요동을 치며 성난 바다를 항해하고 있었습니다. 파도는 거대하고 시커먼 산처럼 솟아올라서 배를 집어삼킬 듯 밀려왔습니다. 배는 한 마리의 백조처럼 파도를 타고 내려갔다가 다시 파도 사이로 솟구쳐 올라왔습니다. 막내 인어공주에게는 이것이 재미있는 놀이처럼 보였지만, 선원들에게는 절대로 그렇지 않았습니다. 배는 삐걱 소리를 내며 몹시 흔들렸고 두꺼운 갑판은 거대한 파도에 부딪혀 산산조각이 났습니다. 두 개의 돛대는 갈대처럼 부러졌습니다. 배가 한쪽으로 기울면서 물이 선실로 들어오기 시작했습니다.

그제야 막내 인어공주는 사람들이 위험에 빠졌다는 사실을 깨달았습니다. 인어공주 자신도 배에서 떨어져 나온 목재와 잔해들을 피하기 위해 조심해야 했습니다. 한순간 사방이 깜깜해져 아무것도 보이지 않았습니다. 다음 순간, 번개가 번쩍이자 인어공주는 배에 타고 있는 사람들을 볼 수 있었습니다. 모두 살기 위해 안간힘을 쓰고 있었습니다. 인어공주는 젊은 왕자를 찾으려고 주변을 둘러보았습니다. 그리고 그 순간, 인어공주는 배가 갈라지면서 왕자가 바닷속으로 가라앉는 것을 보았습니다. 처음에 인어공주는 왕자와 바다에 함께 살게 되어서 무척 기뻤습니다. 그러나 인어공주는 인간들은 물속에서 살지 못하며, 궁전까지 가려면 죽을 수밖에 없다는 사실을 깨달았습니다.

'안 돼. 왕자님이 죽어서는 안 돼.'

인어공주는 위험을 무릅쓰고 바다 위에 떠다니는 널빤지와 나무토막 사이로 헤엄쳐 들어갔습니다. 인어공주는 파도 사이로 들어갔다가 파도 꼭대기를 뚫고 나왔습니다. 인어공주는 마침내 왕자를 찾아냈습니다. 왕자는 폭풍우가 휘몰아치는 바다에서 허우적거리느라 지친 상태였습니다. 왕자의 팔과 다리에는 기운이 하나도 없었고, 눈은 감겨 있었습니다. 인어공주가 구하러 오지 않았더라면 왕자는 바다에 빠져 죽었을 것입니다. 인어공주는 왕자의 머리를 물 밖으로 내어 주었습니다.

새벽이 되어 바다의 폭풍은 잦아들었지만 배는 흔적조차 보이지 않았습니다. 밝고 붉은빛의 태양이 바다 위로 떠오르자 왕자의 뺨에도 생명의 빛이 도는 듯했습니다. 그러나 왕자의 눈은 여전히 감겨 있었습니다. 인어공주는 왕자의 넓고 부드러운 이마에 입을 맞추고 젖은 머리칼을 쓸어 올렸습니다. 왕자는 인어공주의 작은 정원에 있던 대리석 동상과 꼭 닮아 보였습니다. 인어공주는 다시 한 번 왕자에게 입맞춤을 하고 그가 살아나기를 바랐습니다.

곧 육지가 눈앞에 나타났습니다. 하얀 눈으로 덮인 높고 푸른 산은 백조 무리가 쉬고 있는 것처럼 하얗게 빛났습니다. 해변 가까이에 아주 아름다운 푸른 숲이 있었고, 그 옆에는 교회인지 수도원 같은 큰 건물이 있었습니다. 정원에는 레몬과 오렌지 나무들이 정원에는 레몬과 오렌지 나무들이, 대문 옆에는 커다란 야자나무들이 자라고 있었습니다. 바로 이곳에 바다는 조용하지만 수심이 깊은 작은 항구를 만들어 놓았습니다. 아주 곱고 하얀 모래가 해변으로 밀려왔습니다. 인어공주는 왕자를 데리고 해변으로 헤엄쳐 가서 따사로운 햇볕이 드는 모래 위에 눕혔습니다. 그리고 모래로 베개를 만들어 머리를 떠받치려고 신경을 썼습니다.

크고 하얀 건물에서 종소리가 울리기 시작했습니다. 그리고 많은 아가씨가 정원으로 나왔습니다. 인어공주는 물 밖으로 높이 솟아 나온 바위 뒤로 헤엄쳐 갔습니다. 아무도 그녀의 작은 얼굴을 알아볼 수 없도록 인어공주는 머리와 어깨를 물거품으로 덮었습니다. 그리고 인어공주는 누가 왕자를 도우러 올 지 알아보기 위해 지켜봤습니다.

잠시 뒤에 아가씨들 중 한 명이 다가갔습니다. 그녀는 잠깐 놀라는 듯하더니, 많은 사람들을 부르러 달려갔습니다. 인어공주는 왕자가 의식을 회복하고 주변에 있는 모든 사람들에게 미소 짓는 모습을 지켜보았습니다. 하지만 왕자는 인어공주에게는 미소 짓지 않았습니다. 왜냐하면 왕자는 인어공주가 자신을 구해 줬다는 사실을 몰랐기 때문입니다. 인어공주는 매우 우울했습니다. 사람들이 왕자를 큰 건물로 데려갔을 때, 인어공주는 슬픔에 휩싸여 아버지가 살고 있는 용궁으로 돌아가기 위해 바다로 들어갔습니다.

막내 인어공주는 항상 말이 없고 생각에 잠기는 시간이 많았습니다. 하지만 바다 위를 다녀온 이후 훨씬 더 심해졌습니다. 언니들은 물 밖으로 처음 나갔을 때 무엇을 봤는지 물어보았지만, 막내 인어공주는 언니들에게 아무것도 말하지 않았습니다.

막내 인어공주는 아침저녁으로 왕자를 두고 왔던 바다를 찾았습니다. 인어공주는 정원에서 자라고 있던 과일들이 무르익어 수확되는 것과 높은 산 위에 있는 눈이 녹는 것도 보았습니다. 그러나 왕자의 모습은 볼 수 없었습니다. 그래서 매번 인어공주는 더 큰 슬픔을 가지고 용궁으로 돌아왔습니다. 인어공주의 유일한 위안은 작은 정원에 앉아 왕자를 닮은 아름다운 대리석 동상을 끌어안는 것이었습니다. 인어공주는 이제 더 이상 자신의 꽃을 보살피지 않았습니다. 꽃들은 제멋대로 자라났고, 긴 줄기와 이파리들은 나뭇가지와 뒤엉켜 정원은 불모지로 변해 갔습니다.

막내 인어공주는 더 이상 참을 수 없었습니다. 마침내 막내 인어공주는 언니들 중 한 명에게 모든 걸 털어놓았습니다. 곧바로 다른 언니들도 그 사실을 알게 되었습니다. 가장 친한 친구들에게 이야기를 전한 언니들도 있었습니다. 그런데 그중에 왕자가 누구인지 알고 있는 친구가 있었습니다. 그녀 또한 선상에서 생일 축하 잔치를 보았습니다. 그리고 그녀는 왕자가 어느 나라에 사는지, 성이 어디에 있는지도 알고 있었습니다.

"막내야, 이리 와 보렴."

언니들이 말했습니다. 언니들은 팔짱을 낀 채, 긴 한 줄로 이어 왕자의 성 앞까지 헤엄쳐 올라갔습니다.

왕자의 성은 옅고 반짝이는 황금색 돌로 지어졌습니다. 커다란 대리석 계단이 있었고 계단 중 하나는 바다로 이어졌습니다. 지붕 위에는 화려한 금박을 입힌 둥근 지붕이 있었습니다. 건물 주위에 있는 원기둥 사이에는 살아 있는 것처럼 보이는 대리석 동상이 있었습니다. 높고 투명한 창문을 통해서는 아름다운 방을 들여다볼 수 있었습니다. 방들은 값비싼 비단으로 된 커튼과 색실로 짠 벽걸이가 걸려 있었습니다. 그리고 벽은 볼 때마다 즐거움을 주는 그림들로 가득했습니다. 가장 큰 홀 한가운데에 있는 분수대에서는 물줄기가 유리로 된 둥근 지붕 천장까지 치솟았습니다. 유리로 된 둥근 지붕을 통해 비친 햇살이 분수대에서 자라는 식

물들 위로 부서져 내렸습니다.

이제 왕자가 어디 사는지 알게 된 인어공주는 여러 날 밤을 그곳의 바다에서 보냈습니다. 인어공주는 언니들보다 훨씬 더 용감하게 해변 가까이로 헤엄쳐 갔습니다. 심지어 인어공주는 좁은 개울을 거슬러 올라가, 물위로 긴 그림자를 드리우는 아름다운 대리석 발코니 아래까지 갔습니다. 왕자는 밝은 달빛 속에 혼자 있다고 생각을 했지만 인어공주는 이곳에 앉아 젊은 왕자를 지켜보곤 했습니다.

여러 날 밤, 인어공주는 왕자가 음악을 틀어 놓고 깃발을 나부끼며 멋진 배를 타고 나가는 것을 보았습니다. 인어공주는 갈대밭 사이로 몰래 지켜보곤 했습니다. 그리고 바람이 인어공주의 긴 은빛 베일을 흩날리게 되면 그것을 본 사람들은 백조가 날개를 펼치고 있는 것으로 착각했습니다.

인어공주는 어부들이 횃불을 가지고 바다로 나오는 걸 보았습니다. 그리고 어부들이 왕자가 대단히 친절하다고 말하는 것을 들었습니다. 이런 이야기는 인어공주가 거센 파도 속에서 죽어 가고 있던 왕자의 목숨을 구해 준 것을 자랑스럽게 여기도록 했습니다. 그리고 왕자를 안아 편히 쉬게 했던 일과 살포시 입을 맞췄던 기억을 떠올렸습니다. 하지만 왕자는 이 모든 사실을 전혀 몰랐고, 인어공주가 있다는 생각을 꿈에도 하지 않았습니다.

인어공주는 점점 더 인간들이 좋아졌고, 그들과 함께 지내고 싶은 마음이 간절해졌습니다. 인간들의 세상은 자신의 세상보다 훨씬 더 넓어 보였습니다. 인간들은 배를 타고서 바다 위를 날듯이 다닐 수 있고, 구름 위로 솟아 있는 높은 산꼭대기까지 올라갈 수도 있었습니다. 또한 인간들의 땅은 눈이 닿지 않는 곳에도 숲과 들판이 펼쳐져 있기 때문입니다. 인어공주는 알고 싶은 것들이 너무나 많았습니다. 그러나 언니들은 모든 질문에 대답할 수가 없었습니다. 그래서 막내 인어공주는 '위쪽 세상'에 관해 모르는 게 없는 할머니에게 물어보았습니다. 할머니가 '위쪽 세상'이라고 말한 것은 바다 위 육지를 부르는 말이었습니다.

막내 인어공주는 물었습니다.

"만일 인간들이 물에 빠져 죽지만 않는다면 그들은 영원히 사나요? 우리가 바닷속에서 죽지 않는 것처럼 그들도 죽지 않나요?"

할머니가 말했습니다.

"아니란다. 인간들도 죽기 마련이란다. 그들의 수명은 우리보다 훨씬 짧지. 우리는 300년까지 살 수 있단다. 하지만 우리가 죽을 때에는 단지 바다 위의 물거품으로 변하기 때문에 사랑하는 이들의 무덤조차 가질 수 없단다. 또 우리에게는 영혼이 없어서 후세에 다시 태어나는 일도 없지. 우리는 한 번 잘리면 다시 자라지 못하는 푸른 해초와도 같단다. 하지만 인간들은 영혼이란 게 있어서 그들의 육체가 흙으로 바뀐 후에도 영원히 살 수 있단다. 그 영혼은 공기를 통해 반짝이는 별까지 올라간단다. 우리가 물을 통해서 육지를 보러 지상에 올라가는 것처럼 인간들은 우리가 절대로 볼 수 없는 아름다운 미지의 곳까지 올라간단다."

막내 인어공주가 슬퍼하며 물었습니다.

"왜 우리는 영원한 영혼을 갖지 못하나요?

인어공주가 애처롭게 물었습니다.

"나는 단 하루만이라도 인간이 되어 천국으로 올라갈 수만 있다면 기꺼이 300년을 포기할 거예요."

"그렇게 생각하면 안 된단다. 우리는 위쪽 세상에 있는 인간들보다 훨씬 더 행복하고 유복하단다."

할머니는 인어공주에게 말했습니다.

"그러면 저는 죽어서 바다 위의 거품으로 떠다녀야만 하네요. 파도 소리도 듣지 못하고, 아름다운 꽃이나 빨간 태양도 보지 못한 채 말이에요. 영원한 영혼을 얻기 위한 방법은 없나요?"

"그래, 없단다. 한 사람이 너를 자기 아버지와 어머니보다 사랑하게 된다면 모를까. 만약에 그의 모든 생각과 마음이 너에게 닿아, 성직자 앞에서 그의 오른손을 너의 오른손 위에 얹고 이 세상에서 영원히 너를 사랑하겠다고 맹세하면, 그의 영혼이 네 몸속에 들어와 인간의 행복을 함께 나눌 수 있단다. 그가 너에게 영혼을 주어도 자신의 영혼은 그대로 간직할 수 있지. 하지만 그런 일은 절대로 일어나지 않아! 이곳 바닷속에서 너의 꼬리는 아름답게 보여도 지상에서는 흉측한 것으로 여겨질 거야. 인간들은 아주 고약한 취향을 가지고 있어서, 그들이 다리라고 부르는 두 개의 아주 어색한 버팀목을 가져야만 아름답다고 생각하기 때문이란다."

할머니가 대답했습니다.

막내 인어공주는 한숨을 쉬며 자신의 물고기 꼬리를 슬픈 눈으로 바라보았습니다.

할머니가 말했습니다.

"이리 오렴. 즐겁게 생각하자! 우리가 살아가야 할 300년 동안 춤을 추며 즐겁게 사는 거야. 확실히 그 정도면 충분한 시간이야. 그런 후 우리는 아주 기쁘게 우리의 무덤에서 쉴 수가 있을 거야. 오늘 저녁에는 궁중 무도회가 열릴 거야."

바닷속 무도회는 지상에서 여는 것보다 훨씬 더 화려한 무도회였습니다. 커다란 무도회장의 벽과 천장은 두껍지만 투명한 유리로 만들어졌습니다. 수백 개의 커다란 장미처럼 빨갛고 초록빛을 띤 조개껍데기가 양쪽에 줄지어 서 있었습니다. 그리고 각각의 조개껍데기에 타고 있는 파란 불꽃이 방 전체를 밝히고, 벽을 통과한 빛은 먼 바다까지 환하게 비추었습니다. 크고 작은 수많은 물고기가 유리 벽 주위를 헤엄쳐 다녔습니다. 비늘이 붉은 보랏빛으로 빛나는 물고기들도 있었고, 금빛과 은빛으로 빛나는 물고기들도 있었습니다. 무도회장 바닥을 가로질러 넓은 바다 물줄기가 흘러갔습니다. 그리고 이 물줄기 위에서 인어들이 자신만의 매혹적인 노랫소리에 맞추어 춤을 추었습니다. 그렇게 아름다운 목소리는 지상에 살고 있는 인간들 사이에서는 들을 수 없었습니다. 막내 인어공주는 누구보다도 더 달콤하게 노래를 불렀습니다. 모두들 막내 인어공주에게 박수갈채를 보냈습니다. 한순간 그녀의 마음은 기뻤습니다. 막내 인어공주 자신도 바다와 지상을 통틀어 가장 아름다운 목소리를 가지고 있다는 것을 알았기 때문입니다.

하지만 인어공주는 곧 지상의 세계를 생각했습니다. 매력적인 왕자를 잊을 수 없었습니다. 그리고 왕자처럼 죽지 않는 영혼을 가질 수 없는 것에 대한 슬픔도 잊을 수 없었습니다. 그래서 인어공주는 아버지의 궁전에서 몰래 빠져나왔습니다. 궁전에서는 모두가 노래하며 즐거워하는 동안, 인어공주는 자신만의 작은 정원에 앉아 슬픔에 젖어 들었습니다.

그때 어디선가 물살을 타고 사냥을 알리는 나팔 소리가 들렸습니다. 인어공주는 생각했습니다.

'저 소리는 틀림없이 왕자가 배를 타고 있다는 뜻일 거야. 내 마음을 송두리째 빼앗아 간, 내가 세상에서 가장 사랑하는 왕자님! 기꺼이 나의 일생의 행복을 맡겨 줄 수 있는 왕자님이 배를 타고 있는 거야. 왕자와 함께할 수 있고, 죽지 않는 영혼을 얻을 수만 있다면 나는 어떤 위험도 무릅쓸 거야. 언니들이 궁전에서 춤을 추는 동안 내가 항상 두려워했던 바다 마녀를 찾아가야겠어. 그녀라면 나에게 충고를 해 주고 도와줄 수 있을 거야.'

막내 인어공주는 정원에서 출발하여 소용돌이 쪽으로 향해 갔습니다. 인어공주는 이전에 그 길을 가 본 적이 없었습니다. 그곳에는 어떤 꽃도, 어떤 해초도 자라지 않았습니다. 아무것도 없이 잿빛 모래만이 소용돌이 속으로 뻗어 있었습니다. 큰 소리를 내며 도는 물레방아처럼 물이 소용돌이쳤고, 저 아래 바다 바닥에 이르기까지 여력이 미치는 곳에 있는 모든 것을 빨아들였습니다. 바다 마녀에게 가려면 무시무시한 이 소용돌이를 빠져나가야 했습니다. 그러기 위해서는 아주 길게 뻗어 있는 마녀의 늪을 지나가야 했습니다. 그 길은 뜨거운 물이 끓는 수렁 위에 있었습니다.

이 늪 넘어 이상한 숲 한가운데에 마녀의 집이 있었습니다. 그곳에 있는 모든 나무들과 덤불들은 반은 동물이고 반은 식물인 히드라였습니다. 그들은 땅에서 자라나 기어 나오는 수백 개의 머리가 있는 뱀처럼 보였습니다. 그들의 모든 가지는 길고 끈적끈적한 벌레의 팔처럼 보였고, 끝에는 미끌거리는 지렁이 같은 손가락이 달려 있었습니다. 뿌리에서부터 제일 끝 촉수에 이르기까지 마디마디마다 꿈틀거렸습니다. 그들은 잡고 싶은 것은 무엇이나 휘감아 절대로 놓아주지 않았습니다.

막내 인어공주는 겁이 나서 숲의 가장자리에서 멈췄습니다. 심장은 두려움으로 쿵쾅거렸고 돌아가고 싶은 마음이 굴뚝같았습니다. 하지만 바로 그때, 사랑하는 왕자와 영원한 영혼을 생각하자 용기가 되살아났습니다. 인어공주는 히드라가 잡지 못하도록 길게 늘어진 머리카락을 동여맸습니다. 그런 다음 두 팔을 가슴에 포개고 물에서 헤엄치는 물고기처럼 끈적끈적한 히드라 사이를 질주해 갔습니다. 그러자 히드라는 인어공주를 잡기 위해 구불구불한 팔과 손가락을 쭉 뻗었습니다. 모든 팔과 손가락은 수백 개의 작은 촉수 사이로 무언가를 단단히 잡고 있었습니다. 그리고 잡힌 것들은 강력한 새 고리처럼 매달려 있었습니다. 바다에서 죽거나 이렇게 깊은 곳까지 가라앉았던 사람들의 하얀 뼈가 히드라의 팔 사이로 보였습니다. 배의 방향타와 궤짝, 육지 동물의 뼈대가 히드라의 손아귀 속에 있었습니다. 하지만 가장 무시무시한 광경은 목 졸라 죽인 어린 인어였습니다.

마침내 인어공주는 숲속에 있는 진흙투성이 땅에 도착했습니다. 그곳에는 크고 살찐 물뱀이 진창 속을 미끄러져 다녔고, 그들의 불결하고 노르스름한 배를 보여 주고 있었습니다. 이 진흙땅 한가운데에 난파된 배에 탔던 사람들의 뼈로 지은 집이 있었습니다. 그리고 그곳에 바다 마녀가 앉아 있었습니다. 마치 우리가 설탕을 작은 카나리아에게 먹이는 것처럼, 마녀는 손에 모이를 담아 두꺼비에게 먹이고 있었습니다. 마녀는 추악하고 통통한 물뱀을 그녀의 '귀여운 병아리'라고 불렀습니다. 그리고 뱀들이 그녀의 푹신푹신한 가슴 위로 기어 다녀도 상관하지 않았습니다.

"난 네가 원하는 것을 정확히 알고 있어."

바다 마녀가 말했습니다.

"너는 참 어리석구나! 하지만 난 너의 소원을 들어줄 거야. 그러면 너는 슬픔에 빠지겠지. 이 자만한 공주야! 너는 물고기 꼬리를 없애고 인간처럼 여기저기 걸어 다닐 수 있는 두 개의 다리를 가지고 싶어 해. 그리고 젊은 왕자가 너를 사랑하게 만들어 영원한 영혼을 얻고 싶은 거지?"

바다 마녀가 소름 끼치게 큰 소리로 웃자 두꺼비와 물뱀들은 땅바닥으로 떨어져 꿈틀거렸습니다.

바다 마녀가 말을 이었습니다.

"아무튼 제때에 왔어. 내일 해가 뜬 후에는 내가 너에게 도움을 주려면 꼬박 1년이 지나야만 하거든. 너에게 한 번 먹을 물약을 만들어 줄게. 해가 뜨기 전에 너는 약을 가지고 해안까지 헤엄쳐 가서 마른땅 위에 앉아 그 물약을 마셔야만 해. 그러면 너의 꼬리가 두 갈래로 갈라지면서 지상에 있는 인간이 아름다운 다리라고 부르는 것으로 변하게 될 거야. 그렇지만 좀 아플 거야. 마치 예리한 칼이 너를 찌르는 것처럼 느껴질 거야. 엄청난 고통을 참아야만 해. 너를 보는 모든 사람들은 세상에서 가장 아름다운 아가씨라고 말할 거야. 어떤 무용수도 너만큼 경쾌하고 가볍게 걷지는 못할 거야. 하지만 네가 발걸음을 내딛을 때마다 너는 날카로운 칼날 위를 걸어가는 듯한 고통에 시달리게 될 거야. 기꺼이 이 모든 고통을 감수하겠다면 널 도와주겠다."

"네, 그러겠어요."

막내 인어공주는 떨리는 목소리로 대답을 하면서 왕자와 인간의 영원한 영혼을 얻는 생각만 했습니다.

"반드시 기억해야 해. 일단 네가 인간의 모습을 갖게 되면 다시는 인어가 될 수가 없단다. 두 번 다시는 언니들과 아버지의 궁전으로 헤엄쳐 돌아올 수 없어. 그리고 영원한 영혼을 얻기 위해선 왕자가 자신의 아버지와 어머니보다 너를 사랑해야 해. 왕자의 모든 생각과 마음이 너에게 완전히 빠져 버릴 정도로 왕자의 사랑을 얻지 못하고, 성직자가 너희들의 손을 잡고 결혼을 선언하지 않게 된다면, 너는 영원한 영혼을 얻을 수 없을 거야. 만일 왕자가 다른 사람과 결혼을 한다면, 결혼식 다음 날 아침에 너의 심장은 찢어져 바다의 물거품으로 변해 버릴 거야."

"그래도 좋아요. 그 위험을 감수하겠어요."

인어공주가 말했습니다. 하지만 얼굴은 하얗게 질렸습니다.

"그렇다면 너는 나에게 대가를 지불해야 해. 내가 요구하는 것은 하찮은 대가가 아니야. 너는 이 바닷속에서 누구보다 달콤한 목소리를 가지고 있어. 네가 목소리로 왕자의 마음을 사로잡을 생각인지는 모르겠지만, 너는 그 목소리를 나에게 주어야만 해. 나의 특효약에 대한 보답으로 나는 네가 가지고 있는 것 중에서 가장 좋은 것을 가져야 하거든. 칼날처럼 날카로운 물약을 만들기 위해서는 내 피도 섞어야 하니까."

"당신이 내 목소리를 가져가면 내겐 무엇이 남게 되죠?"

인어공주가 물었습니다.

"너의 아름다운 얼굴과 미끄러지듯 경쾌한 발걸음, 그리고 너의 입을 대신해 줄 감정이 담긴 눈이 있지. 이것만 있으면 너는 쉽게 사람의 마음을 사로잡을 수 있단다. 용기를 잃은 건 아니겠지? 자, 그럼 이제 내가 자를 수 있게 혀를 내밀어라. 그러면 강력한 마법의 약을 갖게 될 거야."

"좋아요. 그렇게 하세요."

인어공주의 대답이 떨어지자 마녀는 마법의 물약을 끓이기 위해 그녀의 큰솥을 불 위에 올려놓았습니다.

"청결은 좋은 것이야."

마녀는 이렇게 말하며 뱀을 매듭처럼 꼬아서 그것으로 큰솥을 문질러 닦았습니다. 그런 후에 자신의 가슴을 찔렀고 검은 피가 솥 안으로 뚝뚝 떨어지게 했습니다. 솥에서는 김이 소용돌이치며 올라왔습니다. 그 모습은 아주 무시무시해서 소름이 끼칠 정도였습니다. 바다 마녀는 끊임없이 새로운 재료들을 가마솥에 넣었습니다. 내용물이 끓으면서 악어가 눈물을 흘리며 우는 듯한 소리가 났습니다. 마침내 마법의 물약이 완성되었습니다. 아주 맑은 물처럼 투명해 보였습니다.

"여기 너의 물약이 있다."

바다 마녀가 말했습니다.

그러고 나서 인어공주의 혀를 잘라 냈습니다. 인어공주는 이제 벙어리가 되어서 노래는 물론 말도 할 수 없었습니다

"숲 사이로 되돌아갈 때 히드라가 네게 달려들면 이 약 한 방울을 뿌려라. 그러면 그들의 팔과 손가락이 찢겨질 거야."

마녀가 말했습니다.

그러나 맑은 물약을 보자마자 히드라는 공포에 질려서 웅크렸기 때문에 그럴 필요가 없었습니다. 그 약은 인어공주의 손에서 마치 반짝이는 별처럼 빛났습니다. 그래서 인어공주는 숲과 늪, 그리고 격렬한 소용돌이를 무사히 빠져나갈 수 있었습니다.

인어공주는 아버지의 궁전을 볼 수 있었습니다. 커다란 무도회장의 불빛은 꺼져 있었습니다. 의심할 바 없이 궁전에 있는 모두가 잠에 빠져 있을 시간이었습니다. 하지만 인어공주는 가까이 다가갈 용기가 나지 않았습니다. 이제 인어공주는 벙어리가 되었고, 바닷속을 영원히 떠나야 했기 때문입니다. 인어공주의 가슴은 슬퍼서 찢어질 것 같았습니다. 인어공주는 살며시 정원에 들어가 언니들의 작은 꽃밭에서 꽃을 한 송이씩 각각 가져왔고, 궁전을 향해 천여 번의 입맞춤을 보냈습니다. 그러고는 검푸른 바다를 헤엄쳐 바다 위로 올라갔습니다.

해가 뜨기 전, 인어공주는 왕자가 사는 궁전의 멋진 대리석 계단에 도착했습니다. 아직 달빛이 환하게 비추고 있었습니다. 인어공주는 쓰고 목이 타는 듯한 불 같은 물약을 삼켰습니다. 양날의 칼이 연약한 인어공주의 몸을 찌르는 것 같았습니다. 인어공주는 기절해서 마치 죽은 듯이 그곳에 쓰러졌습니다.

해가 바다 위로 떴을 때 인어공주는 잠에서 깨어나 통증을 느꼈습니다. 그러나 고개를 드니 멋진 왕자가 서 있었습니다. 왕자는 검은 눈동자로 인어공주를 바라보고 있었습니다. 인어공주는 어쩔 줄 몰라 눈길을 아래로 향했습니다. 그리고 꼬리가 없어졌다는 사실을 깨달았습니다. 꼬리가 있던 자리에는 모든 젊은 아가씨들이 갖고 싶어 하는 아주 아름다운 한하얀 두 다리가 있었습니다. 하지만 인어공주는 벌거벗고 있었습니다. 그래서 자신의 긴 머리카락으로 몸을 감쌌습니다.

왕자는 인어공주에게 누구인지, 그리고 어떻게 이곳에 왔는지 물었습니다. 그러나 말을 하지 못하는 인어공주는 그저 깊고 푸른 눈으로 왕자를 슬프게 바라볼 뿐이었습니다. 그러자 왕자는 인어공주의 손을 잡고 궁전으로 데려갔습니다. 바다 마녀가 말해 준 것처럼 인어공주는 걸을 때마다 날카로운 칼날과 뾰족한 바늘 위를 걷고 있는 것처럼 통증을 느꼈습니다. 하지만 인어공주는 기쁘게 참으며 왕자와 함께 궁전 안으로 들어갔습니다. 인어공주의 걸음은 물거품처럼 경쾌하며 가벼웠습니다. 인어공주의 미끄러지듯 경쾌한 발걸음과 아름다운 자태를 보며 왕자는 물론 모든 사람들이 입을 다물지 못했습니다.

인어공주가 값비싼 비단과 모슬린으로 만든 옷을 입었을 때, 궁전에서 가장 아름다운 사람이 되었습니다. 그러나 벙어리가 된 탓에 노래도 부를 수 없고 말도 할 수 없었습니다. 비단과 황금빛 옷을 차려입은 시녀들이 왕자와 왕자의 부모님 앞에서 노래를 부르기 시작했습니다. 그들 중 한 시녀는 다른 사람들보다 더 달콤하게 노래를 불렀습니다. 왕자가 그녀에게 미소를 짓고 박수를 쳐 주었을 때 인어공주는 매우 슬펐습니다. 왜냐하면 인어공주도 한때 그보다 더 아름다운 목소리로 노래를 불렀기 때문입니다.

'아, 내가 왕자님 곁에 있고 싶어 나의 목소리를 영원히 잃게 되었다는 것을 알아주면 좋을 텐데!'

시녀들은 아주 멋진 음악에 맞추어 춤을 추기 시작했습니다. 인어공주도 아름답고 하얀 두 팔을 들고 발끝으로 서서 바닥 위를 스치듯 지나가며 춤을 췄습니다. 어느 누구도 그렇게 춤을 잘 추진 못했습니다. 하나하나의 동작이 그녀의 아름다움을 더욱더 돋보이게 했습니다. 그리고 인어공주의 눈은 시녀들이 할 수 있는 어떤 노래보다 더 깊은 감동을 전해 주었습니다.

인어공주는 모든 사람들을 매료시켰습니다. 특히 왕자는 인어공주를 '길 잃은 천사'라고 불렀습니다. 인어공주는 바닥에 발이 닿을 때마다 너무나 큰 통증을 느꼈지만 몇 번이고 춤을 추었습니다. 왕자는 인어공주에게 자신의 곁에 항상 함께 있으라고 했습니다. 그리고 인어공주가 그의 방 앞에 있는 벨벳 위에서 자도 좋다고 말했습니다.

그리고 인어공주와 함께 말을 타고 갈 수 있도록 남자 신하들이 입는 옷을 만들어 입혔습니다. 두 사람은 향긋한 냄새가 나는 숲 사이로 말을 타고 다녔습니다. 숲에서 푸른 나뭇가지들은 공주의 어깨를 스쳤고, 작은 새들은 펄럭이는 나뭇잎 사이에서 노래를 했습니다. 인어공주는 왕자와 함께 높은 산 위로 올라갔습니다. 인어공주의 부드러운 발에서는 모든 사람이 볼 수 있을 정도로 피가 흘렀지만, 인어공주는 웃으며 계속해서 왕자를 따라갔습니다. 마침내 그들은 한 무리의 새가 날아서 먼 나라로 가는 것처럼 발밑에서 구름이 흘러가는 것을 볼 수 있었습니다.

왕자의 궁전에서 다른 사람들이 잠을 자는 깊은 밤이 찾아오면, 인어공주는 넓은 대리석 계단을 내려가서 화끈거리는 발을 차가운 바닷물에 식히곤 했습니다. 그리고 바다 아래 살고 있는 그리운 가족들을 떠올렸습니다.

어느 날 밤, 인어공주의 언니들이 팔짱을 끼고 거센 파도를 헤치고 올라와 슬프게 노래를 불렀습니다. 인어공주가 언니들에게 팔을 뻗었을 때, 언니들은 인어공주를 알아봤습니다. 그리고 모두 인어공주 때문에 슬퍼하고 있다고 말해 주었습니다. 그날 이후 언니들은 매일 밤 인어공주를 보러 왔습니다. 한 번은 멀고 먼 바다에서 할머니와 머리에 왕관을 쓴 아버지의 모습을 보았습니다. 할머니는 아주 오랜만에 물위로 올라왔습니다. 두 분 다 인어공주에게 손을 뻗었습니다. 그러나 언니들이 그랬던 것처럼 육지 가까이에 다가오지 못했습니다.

하루하루 지나면서 인어공주는 왕자에게 더욱더 사랑을 받게 되었습니다. 왕자는 착한 어린아이를 예뻐하듯 인어공주를 사랑했습니다. 왕자는 인어공주를 왕비로 만들 생각은 하지 않았습니다. 인어공주는 왕자의 아내가 되어야만 했습니다. 그렇지 않으면 인어공주는 영원한 영혼을 얻지 못할 것입니다. 또한 결혼식 다음 날 아침, 인어공주는 바다 위의 물거품으로 사라져 버리게 됩니다.

"왕자님은 저를 가장 사랑하지 않나요?"

왕자가 인어공주를 안고 입맞춤을 할 때면, 인어공주의 눈빛이 그렇게 물었습니다.

왕자가 대답했습니다.

"그래, 사랑하지. 당신은 나에게 가장 소중해. 당신은 아주 마음이 착하고 어떤 사람보다도 더 나를 사랑하잖아. 그리고 당신은 내가 예전에 한 번 보았지만 다시는 찾을 수 없는 젊은 아가씨와 많이 닮았어. 나는 난파된 배 위에 있었어. 그리고 신성한 사원 근처의 해변까지 파도에 떠밀려 왔어. 그 사원에서는 젊은 아가씨들이 종교의식을 행했어. 그들 중 가장 어린 아가씨가 바닷가에 있는 나를 발견하고 나의 목숨을 구해 주었어. 비록 그녀를 두 번 다시 보지 못했지만, 그녀는 내가 이 세상에서 사랑할 수 있는 유일한 사람이야. 하지만 네가 그 아가씨를 너무나 닮아서 내 마음 속에 있는 그녀에 대한 기억을 바꾸어 놓으려 해. 그녀는 사원에 있어야 해. 그러니 내가 당신을 갖게 된 것은 행운이지. 우리는 절대 헤어지지 않을 거야."

'왕자님의 목숨을 구해 준 것이 나라는 걸 모르나 봐. 바다에서 정원이 있는 사원까지 왕자님을 데려다 주었는데! 나는 거품 뒤에 숨어서 누군가 오는지 안 오는지를 지켜보았어. 왕자님이 나보다 더 사랑한다는 예쁜 아가씨도 내 눈으로 봤는걸요.'

인어공주가 깊은 한숨을 내쉬었습니다. 고통을 보여 주는 유일한 표시였습니다. 왜냐하면 아직 인어공주는 눈물을 흘리는 법을 몰랐기 때문입니다.

'그 아가씨는 사원에 있어야만 한다고 왕자는 말했어. 그 아가씨는 세상 밖으로 나올 수가 없는데 말이야. 그러니 그들은 서로 만날 수 없겠지. 왕자님을 돌봐 주고 사랑하고 모든 삶을 바치는 사람은 바로 나야.'

얼마 후 왕자가 이웃 나라의 아름다운 공주와 결혼한다는 소문이 떠돌았습니다. 아주 호화로운 배가 출항할 준비를 서두르고 있었습니다. 모두들 왕자가 이웃 나라를 방문하러 간다고 했지만, 사실은 이웃 나라의 공주를 보러 가는 것이었습니다. 여러 명의 신하들도 함께 떠날 예정이었습니다. 인어공주는 고개를 저으며 미소를 지었습니다. 왜냐하면 인어공주는 누구보다 왕자의 마음을 잘 알고 있었기 때문입니다.

"나는 이번 여행을 가야만 해."

왕자는 인어공주에게 말했습니다.

"나는 아름다운 공주를 만나야 해. 우리 부모님의 바람이거든. 하지만 부모님은 내가 싫은데도 공주를 집으로 데려오라고 하지는 않으셨어. 나는 이웃 나라 공주를 절대 사랑할 수 없거든. 그녀는 사원에 있는 아름다운 아가씨를 닮지 않았어. 언젠가 내가 신부를 고른다면 눈빛으로 말하는 천사 아가씨, 바로 너를 선택할 거야."

그러고 나서 왕자는 인어공주의 입에 입맞춤하고 긴 머리를 어루만지며 자신의 머리를 인어공주의 가슴에 기댔습니다. 인어공주는 인간의 행복과 영원한 영혼을 꿈꾸었습니다. 왕자는 이웃 나라로 향하는 배 위에서서 인어공주에게 물었습니다.

"넌 바다를 두려워하지 않지. 나의 천사 아가씨?"

왕자는 인어공주에게 폭풍우 치는 바다와 잔잔한 바다, 깊은 바닷속에 사는 이상한 물고기, 그리고 잠수부들이 보았던 신기한 것들에 관한 이야기를 들려주었습니다. 신비한 바닷속의 일이라면 누구보다 잘 아는 인어공주가 왕자의 이야기를 듣고 미소를 지었습니다.

밝은 달빛 속에서 키잡이 외에는 모두가 잠들어 있을 때, 인어공주는 배 난간에 앉아서 맑은 바다를 내려다보고 있었습니다. 얼핏 아버지의 궁전이 보이는 듯했습니다. 궁전 탑 꼭대기 위에서 할머니가 은빛 왕관을 쓰고 거센 파도 사이로 지나가는 배를 보고 올려다보고 있을 것만 같았습니다. 그때 언니들이 물위로 올라오더니 인어공주를 슬프게 쳐다보았습니다. 인어공주는 손을 흔들며 미소를 지었습니다. 자신은 잘 지내고 있으며 아주 행복하다고 말해 주고 싶었습니다. 그러나 그 순간 배에서 심부름하는 소년이 나오는 바람에 언니들은 재빨리 물속으로 들어갔습니다. 소년은 자기가 본 것이 단지 바다 위에 있는 거품이라고 생각했습니다.

다음 날 아침, 배는 이웃 나라의 아름다운 항구로 들어섰습니다. 모든 교회들은 종을 울렸고, 높은 탑에서는 환영의 나팔 소리가 들려왔습니다. 군인들은 펄럭이는 깃발과 반짝이는 총검을 가지고 줄지어 서 있었습니다. 매일 새로운 축제가 열렸고, 무도회와 연회가 끊이지 않았습니다. 하지만 공주의 모습은 나타나지 않았습니다. 들리는 말로는 멀리 떨어진 사원에서 왕족의 교육을 받고 있는 중이라고 했습니다. 드디어 공주가 돌아왔습니다.

인어공주는 이웃 나라의 공주가 얼마나 아름다운지 보고 싶었습니다. 인어공주는 이웃 나라의 공주를 본 순간, 세상에서 이렇게 아름다운 공주를 본 적이 없다는 사실을 인정해야만 했습니다. 공주의 피부는 맑고 고왔습니다. 길고 짙은 속눈썹 아래는 공주의 깊고 푸른 눈이 진심 어린 미소를 짓고 있었습니다.

"바로 당신이군요! 바닷가에서 나를 구해 준 사람이!"

왕자는 얼굴이 붉어진 신부를 팔로 꽉 껴안았습니다. 그리고 인어공주를 보며 말했습니다.

"아, 나는 지금 그 어느 때보다 기쁘단다. 내가 가장 바랐던 꿈이 현실로 일어난 거야. 내 기쁨을 너도 함께해 주겠니? 너는 누구보다 나를 사랑하잖아."

인어공주는 왕자의 손에 입을 맞추었습니다. 하지만 심장이 찢어질 듯한 고통을 느꼈습니다. 이제 왕자가 결혼을 하면 자신은 죽어 버리고 물거품으로 변하기 때문입니다.

모든 교회의 종소리가 울려 퍼졌습니다. 전령들은 결혼 소식을 알리기 위해 이 거리, 저 거리로 말을 타고 달렸습니다. 제단 위의 값비싼 은램프에서는 향긋한 냄새가 나는 기름이 타올랐습니다. 신부는 향로를 흔들었습니다. 신부와 신랑은 손을 맞잡고 주교는 그들의 결혼을 축복해 주었습니다. 인어공주는 비단과 황금색 옷을 입고서 신부의 긴 옷자락을 잡고 있었습니다. 그러나 인어공주의 귀에는 결혼 행진곡이 들리지 않았고, 성스러운 의식도 보이지 않았습니다. 인어공주의 생각은 온통 지상에서 있었던 마지막 밤과 잃어버린 것들만 떠올랐습니다.

그날 저녁, 신부와 신랑은 배를 탔습니다. 축포가 울려 퍼졌고 깃발이 나부꼈습니다. 배의 갑판 위에는 자줏빛과 황금빛의 대형 천막이 세워졌고, 안에는 왕자와 공주가 고요하고 멋진 밤을 보낼 수 있도록 고급스러운 침대가 놓여 있었습니다. 돛이 바람에 펼쳐졌습니다. 그리고 배는 아주 가볍게 고요한 바다 위를 미끄러져 나갔습니다.

어둠이 내리자 형형색색의 등불이 켜졌습니다. 선원들은 갑판에서 즐겁게 춤을 추었습니다. 인어공주는 깊은 바다속에서 처음 올라왔던 날 보았던 화려한 축제가 떠올랐습니다. 인어공주도 사람들과 함께 어울려 제비처럼 가볍게 빙빙 돌며 춤을 추었습니다. 모든 사람이 그녀에게 환

호성을 보냈습니다. 인어공주는 어느 때보다 우아하고 아름답게 춤을 추었습니다. 그녀의 부드러운 발은 칼에 찔리는 것처럼 아팠지만 상관하지 않았습니다. 마음의 고통이 발의 통증보다 더 컸기 때문입니다.

인어공주는 오늘 밤이 왕자를 보는 마지막 밤이란 걸 알고 있었습니다. 인어공주는 왕자를 위해 집과 가족을 포기했고, 아름다운 목소리를 포기했으며, 끝없는 고통을 겪었습니다. 하지만 왕자는 이 모든 것을 전혀 알지 못했습니다. 인어공주가 왕자와 함께 똑같은 공기를 들이마시고, 깊은 바닷물을 쳐다보고, 파란 하늘에 반짝이는 별들을 보는 것도 오늘 밤이 마지막이었습니다. 아무런 생각도 없고, 아무 꿈도 없는 영원한 어둠만이 인어공주를 기다리고 있었습니다. 영혼이 없는 인어공주가 영원한 영혼을 구할 수 있는 방법은 더 이상 존재하지 않았습니다.

파티는 한밤중이 지난 후에도 오랫동안 끝나지 않았습니다. 인어공주 또한 죽음에 대한 두려움에도 불구하고 사람들과 어울려 웃으며 춤을 추었습니다. 왕자는 아름다운 신부의 머리칼을 어루만지며 입을 맞추었습니다. 서로 손을 잡고서 멋진 침실로 쉬러 들어갔습니다.

배에는 고요함이 닥쳐왔습니다. 단지 키잡이만이 배를 조종하느라 갑판 위에 있었습니다. 인어공주는 하얀 팔을 배의 난간에 걸치고 붉은빛으로 밝아 올 동쪽 하늘을 쳐다봤습니다. 첫 태양 빛이 죽음을 의미한다는 사실을 잘 알았기 때문입니다. 그때 인어공주는 언니들이 파도 사이로 올라오는 것을 보았습니다. 언니들의 얼굴도 인어공주만큼 창백했습니다. 바람에 흩날리던 아름다운 긴 머리카락이 흔적도 없이 사라졌습니다.

언니들이 말했습니다.

"우리는 오늘 밤 너를 죽음에서 구해내기 위해 우리의 머리카락을 바다 마녀에게 주었어. 마녀는 우리에게 칼을 주었어. 자, 여기 있다. 이 예리한 칼날을 봐! 해가 뜨기 전에 너는 이 칼을 왕자의 가슴에 꽂아야 해. 왕자의 따뜻한 피가 네 발에 떨어지면 네 다리가 붙으면서 꼬리로 변할 거야. 너는 다시 인어가 되어 바닷속으로 돌아올 수 있을 거야. 우리와 함께 물거품이 될 때까지 300년을 살 수 있어.

서둘러! 해가 뜨기 전에 너희 둘 중 하나는 죽을 수밖에 없어. 마녀가 우리 머리카락을 가위로 자른 것처럼 할머니도 슬픔에 못 이겨 백발이 다 빠지셨어. 왕자를 죽이고 우리에게 돌아와! 서둘러라! 서둘러! 벌써 하늘에 붉은빛이 돌고 있어. 금방 해가 뜰 거야. 그러면 너는 죽어!"

언니들은 깊은 한숨을 쉬며 파도 밑으로 들어갔습니다.

인어공주가 천막의 자줏빛 커튼을 열어젖히니, 아름다운 신부가 왕자의 가슴에 머리를 기대고 잠들어 있었습니다. 인어공주는 허리를 굽혀서 왕자의 아름다운 이마에 입을 맞추었습니다. 인어공주는 하늘을 쳐다보았습니다. 하늘은 동이 트느라 빠르게 붉어지고 있었습니다. 인어공주는 날카로운 칼을 보고 다시 한 번 왕자에게로 눈길을 돌렸습니다. 왕자는 꿈속에서조차 신부의 이름을 부르고 있었습니다. 칼날이 인어공주의 손에서 떨렸습니다. 다음 순간, 인어공주는 칼을 저 멀리 파도 위로 홱 던졌습니다. 칼이 떨어진 바닷물이 붉어졌습니다. 눈이 흐릿해진 인어공주는 다시 한 번 왕자를 쳐다보았고, 바닷속으로 자신의 몸을 던졌습니다. 그리고 거품이 되어 녹는 듯했습니다.

이윽고 태양이 바다 위로 솟아올랐습니다. 따스하고 온화한 햇살이 차가운 바다 물거품을 비추었습니다. 하지만 인어공주는 죽음의 손길을 느끼지 못했습니다. 머리 위에는 밝은 태양이 보였고, 주변에는 공기처럼 투명하고 가벼운 것들이 떠다니고 있었습니다. 너무나 투명해서 그 사이로 하얀 돛을 단 배와 하늘에 떠 있는 붉은 구름을 볼 수 있었습니다. 떠다니는 것들이 소곤대는 목소리는 영혼의 소리처럼 아름답게 들렸습니다. 하지만 인간의 눈이 영혼의 형태를 볼 수 없는 것처럼, 천상의 소리는 인간의 귀에 들리지 않았습니다. 그들은 날개가 없어도 공기처럼 떠다녔습니다. 인어공주는 자신도 그들과 똑같이 생겼다는 것을 알았고, 물거품에서 빠져나와 서서히 하늘 높이 올라갔습니다.

"당신은 누구고, 나는 누구를 향해 솟아오르는 건가요?"

인어공주가 물었습니다.

인어공주의 목소리가 영혼의 목소리로 변했고, 그 목소리는 지상의 어떤 음악 소리보다도 아름다웠습니다.

그들이 대답했습니다.

"우리는 공기의 요정들이랍니다. 인어공주는 영원한 영혼을 갖고 있지 않아요. 인간의 사랑을 얻지 않는 한 절대로 가질 수 없답니다. 인어공주 자신의 힘으로 영원한 영혼을 얻을 수 없어요. 자신 말고 다른 힘에 의존해야 해요. 공기의 요정들도 영원한 영혼이 없어요. 하지만 좋은 일을 하면 영원한 영혼을 얻을 수 있답니다. 우리는 남쪽으로 날아가요. 우리는 그곳에 시원한 바람을 가져다주지요. 시원한 바람을 일으켜 뜨겁고 해로운 공기로부터 사람을 구할 수 있어요. 우리는 공기를 통해서 꽃의 향기도 나른답니다. 그래서 사람들에게 상쾌함과 치유의 힘을 가져다주지요. 300년 동안 우리가 할 수 있는 모든 착한 일을 하면 영원한 영혼을 얻을 수 있어요. 그리고 인간 세상의 축복도 함께 누릴 수 있지요. 불쌍한 인어공주 아가씨, 당신은 진심을 다해서 이렇게 하려고 애를 썼습니다. 당신의 고통과 당신의 충실함이, 공기의 요정들이 있는 세계로 이끌었어요. 이제 300년 동안 좋은 일을 하면 영원한 영혼을 가질 수 있어요."

인어공주는 맑고 반짝이는 눈으로 태양을 바라보았습니다. 처음으로 인어공주의 눈에서 눈물이 흘러내렸습니다.

배 위는 한바탕 소동이 벌어져 떠들썩했습니다. 왕자와 아름다운 신부가 인어공주를 찾고 있는 모습이 보였습니다. 마치 두 사람은 인어공주가 자신의 몸을 파도 속으로 던져 버렸다는 사실을 알고 있는 것처럼, 슬픔에 찬 얼굴로 부글부글 끓고 있는 물거품을 바라보고 있었습니다. 인어공주는 사람들의 눈에 띄지 않게 신부의 이마에 입을 맞추었고, 왕자를 바라보며 미소를 지었습니다. 그리고 나서 공기의 요정들과 함께 높이 떠다니고 있는 불그스름한 장밋빛 구름으로 올라갔습니다.

"300년이 지난 후 우리는 이렇게 천국으로 날아갈 거예요."

공기의 요정이 말했습니다.

"더 빨리 들어갈지도 몰라요."

다른 요정이 덧붙여 말했습니다.

"우리는 보이지 않게 어린아이가 있는 집으로 날아 들어갑니다. 부모님을 기쁘게 해 주고, 사랑을 받을 자격이 있는 착한 어린이를 만나게 되면 시련의 시간이 줄어들어요. 아이들은 우리가 방에 떠다니는지도 몰라요. 우리가 착한 아이를 보고 행복한 미소를 지으면 300년에서 1년이 줄어들게 되는 것이죠. 그렇지만 행실이 나쁘고 심술궂은 어린이를 만나면 슬픔의 눈물을 흘려야 해요. 눈물 한 방울마다 시련의 하루가 더해진답니다."

공기의 요정이 속삭였습니다.

백조왕자

겨울이 오면 제비들은 아주 머나먼 곳으로 날아갑니다. 그 먼 나라에는 열한 명의 왕자와 엘리자라는 한 명의 공주를 둔 왕이 살고 있었습니다. 열한 명의 왕자들은 가슴에 별을 달고 허리에는 칼을 차고 학교에 다녔습니다. 그들은 황금으로 된 석판 위에 다이아몬드 연필로 글을 썼습니다. 그리고 아주 큰 소리로 멋지게 읽어서 모든 사람들은 그들이 왕족임을 알았습니다. 그들의 여동생인 엘리자는 수정 거울로 만들어진 작은 의자에 앉아 있었습니다. 그리고 왕궁 절반을 주어야 살 수 있을 정도로 값비싼 그림책을 보았습니다.

그야말로 부족할 게 없는 아이들이었습니다. 하지만 그 행복도 오래가지 못했습니다. 아버지는 아주 사악한 왕비와 결혼했습니다. 새 왕비는 아이들을 무척이나 싫어했습니다. 그것은 아이들에게 좋지 않은 징조였습니다. 아이들은 새 왕비가 온 첫날에 이 사실을 알았습니다. 성 전체가 성대한 행사를 위해 화려하게 장식되었습니다. 그리고 아이들은 소꿉놀이를 하고 있었습니다. 이런 놀이를 할 때마다 케이크와 구운 사과를 먹으며 놀았습니다. 하지만 새 왕비는 아이들에게 찻잔 가득 모래를 담아 주며 맛있는 음식으로 생각하라고 했습니다.

일주일 뒤 어린 엘리자는 가난한 농부들과 살도록 보내졌습니다. 새 왕비가 왕자들에 대한 아주 불쾌한 이야기로 왕을 속였습니다. 왕은 불쌍한 왕자들에게 돌아서서 신경도 쓰지 않았습니다. 그리고 사악한 왕비는 왕자들에게 주문을 걸었습니다.

"저 멀리 넓은 세상 속으로 날아가 버려라! 그리고 스스로 살아가라! 목소리 없이 말 못하는 새가 되어 날아가거라!"

그러나 다행히도 그들의 운명은 왕비가 바라던 만큼 끔찍하지는 않았습니다. 왜냐하면 왕비의 마력에는 한계가 있었기 때문입니다. 왕자들은 열한 마리의 아름다운 백조가 되었습니다. 왕자들은 울음소리를 내며 창밖으로 나가더니 정원을 지나 숲으로 날아갔습니다.

어느 이른 아침, 그들은 엘리자가 살고 있는 농가에 도착했습니다. 엘리자는 작은 침대에서 잠들어 있었습니다. 백조들은 농가 지붕 위를 낮게 빙빙 돌면서 여동생을 얼핏이라도 보기 위해 목을 돌리기도 하고 비틀어 보기도 했습니다. 그러는 동안 백조의 커다란 날개는 계속해서 공중에서 퍼덕였습니다. 하지만 다행히 아무도 깨어나지 않았고, 그들을 보거나 그들의 소리를 들은 사람도 없었습니다. 백조들은 높은 구름 속으로 날아올라 바닷가까지 이어진 거대하고 울창한 숲에 다다랐습니다.

한편 불쌍한 엘리자는 나뭇잎을 가지고 바닥에서 놀고 있었습니다. 그녀는 장난감도 없었습니다. 그래서 나뭇잎에 구멍을 내어 그 틈으로 태양을 올려다보고 있었습니다. 마치 오빠들의 맑은 눈망울을 쳐다보는 것 같았습니다. 따뜻한 햇살이 뺨에 닿으면, 오빠들이 해 주었던 다정한 입맞춤이 생각났습니다.

여러 날이 지나고 또 지났습니다. 하루하루는 늘 똑같았습니다. 장미 덤불 사이로 바람이 속삭였습니다.

"세상에서 가장 아름다운 장미야, 누가 너보다 더 아름다울 수 있겠니?"

하지만 장미들은 고개를 가로저으며 대답했습니다.

"엘리자 공주님이죠!"

일요일마다 농장에 사는 늙은 농부의 아내는 문간에 앉아 성경책을 읽곤 했습니다. 바람은 책장을 살랑살랑 넘기며 질문을 했습니다.

"세상에서 가장 성스러운 성경책아, 누가 너보다 더 성스러울 수 있겠니?"

성경책은 장미들이 했던 것처럼 진실 되게 대답했습니다.

"엘리자 공주님이죠!"

엘리자는 열다섯 살이 되었을 때 다시 성으로 돌아왔습니다. 사악한 왕비는 아름다운 엘리자를 보자 시기와 증오심으로 치를 떨었습니다. 왕비는 엘리자도 왕자들처럼 백조로 바꾸고 싶었습니다. 그러나 왕은 딸을 보고 싶어 했습니다. 왕비는 감히 왕의 말을 거역할 수 없었습니다.

다음 날 아침 일찍, 왕비는 엘리자가 깨어나기 전에 세 마리의 두꺼비를 들고 대리석으로 된 욕실로 들어갔습니다. 욕실 바닥은 값비싼 양탄자로 덮여 있었고, 아주 부드러운 베개들은 벽을 따라 줄지어 있는 벤치 위에 놓여 있었습니다.

왕비는 첫 번째 두꺼비에게 입을 맞추며 말했습니다.

"엘리자가 너와 같이 게을러지도록 엘리자의 머리 위에 앉아라."

두 번째 두꺼비에게 입을 맞추며 왕비는 명령했습니다.

"엘리자가 너처럼 추해져서 왕이 알아보지 못하도록 엘리자의 이마를 만져라."

그러고서 세 번째 두꺼비에게 입을 맞추며 속삭였습니다.

"그녀의 영혼이 네 것처럼 사악해져서 사람들에게 미움을 받을 수 있도록 엘리자의 심장 옆에서 쉬어라."

왕비가 두꺼비들을 깨끗한 물속에 집어넣자, 물은 금세 초록색으로 변했습니다. 왕비는 엘리자를 불러왔고, 옷을 벗긴 후 욕조 속으로 들어가라고 말했습니다. 엘리자가 물속으로 미끄러져 들어가자 첫 번째 두꺼비가 엘리자의 머리 위로 뛰어올랐습니다. 두 번째 두꺼비는 그녀의 이마에 닿았고, 세 번째는 두꺼비는 엘리자의 심장 곁으로 바짝 다가갔습니다.

하지만 엘리자는 그들을 보지 못했습니다. 엘리자가 욕조에서 일어났을 때 물위에서는 세 개의 빨간 양귀비꽃이 떠다니고 있었습니다. 만약 두꺼비들이 사악한 왕비의 입맞춤을 받지 않았거나 독이 없는 동물이었다면 그들은 장미로 변했을 것입니다. 그나마 두꺼비들은 엘리자의 머리와 가슴에 닿아 꽃으로 변했습니다. 엘리자는 너무나 착하고 순수해서 사악한 마법이 통하지 않았습니다.

이 사실을 깨달은 사악한 왕비는 호두 껍데기에서 나온 수액으로 엘리자의 몸이 갈색으로 변할 때까지 문질렀습니다. 그러고는 끔찍한 냄새가 나는 연고를 엘리자의 얼굴에 바르고, 재와 먼지를 머리에 뿌렸습니다. 이제 아름다운 공주를 알아본다는 것은 불가능했습니다. 흉측하게 변한 공주를 본 왕은 깜짝 놀라며 말했습니다.

"저 아이는 내 딸이 아니다!"

단지 궁전을 지키는 개와 제비들만이 엘리자를 알아보았습니다. 그러나 그들은 동물이었으며 아무도 그들에게 관심을 기울이지 않았습니다.

엘리자는 비통하게 울었고 사라져 버린 열한 명의 오빠들을 생각했습니다. 절망에 빠진 엘리자는 몰래 성을 빠져나왔습니다. 엘리자는 하루 종일 들판과 늪지대를 가로질러 걸었습니다. 그리고 마침내 커다란 숲에 이르렀습니다. 그녀는 자신이 어디로 가는지 알지 못했습니다. 엘리자는 무척이나 슬펐고, 쫓겨난 오빠들이 정말로 보고 싶었습니다. 엘리자는 오빠들을 찾아 나서기로 마음먹었습니다.

엘리자가 숲으로 들어가자 날이 저물었습니다. 엘리자는 길을 잃고 이리저리 헤매 다녔습니다. 엘리자는 기도를 하고, 나무 그루터기에 머리를 기댔습니다. 그리고 잠을 자기 위해 부드러운 이끼 위에 누웠습니다. 사방은 고요하고 밤의 공기는 달콤했습니다. 엘리자의 주변에서는 아주 많은 반딧불이 빛을 내고 있었습니다. 엘리자가 부드럽게 손을 대면 반딧불은 유성처럼 머리 위로 쏟아져 내렸습니다

그날 밤, 엘리자는 오빠들 꿈을 꿨습니다. 오빠들은 어린 시절로 돌아가 황금 석판 위에 다이아몬드 연필로 글을 쓰고 있었습니다. 그리고 엘

리자는 왕국의 절반을 주어야 살 수 있는 아름다운 그림책을 보고 있었습니다. 하지만 오빠들은 예전처럼 석판 위에 동그라미나 선만 그리지 않았습니다. 그들이 보고 들은 경험을 적었습니다. 책 속에 있는 그림들은 살아났습니다. 새들은 노래를 불렀고, 남자와 여자들은 책에서 걸어나와 엘리자에게 말을 걸었습니다. 엘리자가 책장을 넘기려 하면 다시 제자리로 돌아가 순서가 바뀌는 일은 없었습니다.

엘리자가 깨어났을 때 태양은 이미 하늘 높이 솟아 있었습니다. 하지만 엘리자는 태양을 볼 수 없었습니다. 숲이 너무나도 빽빽해서 커다란 나뭇가지들이 하늘을 가렸기 때문입니다. 그러나 나뭇잎 사이로 비친 햇살은 황금빛 아지랑이처럼 일렁거렸습니다. 푸른 숲의 향기가 사방에서 나왔고, 새들은 아주 온순해서 기꺼이 엘리자의 어깨 위에 날아와 앉을 것처럼 보였습니다. 어디선가 물소리가 들려왔습니다. 엘리자는 작은 시냇물을 찾았습니다. 엘리자는 물길을 따라 작고 아름다운 웅덩이가 있는 곳으로 갔습니다. 웅덩이는 매우 맑아서 바닥에 있는 모래도 한눈에 볼 수 있었습니다. 웅덩이는 덤불에 둘러싸여 있었습니다. 웅덩이 한쪽에는 사슴이 물을 마시러 내려와 구멍을 파 놓았습니다. 엘리자는 무릎을 꿇고 앉았습니다. 나뭇가지와 나뭇잎들이 바람에 흔들리지 않았다면, 엘리자는 그림이라고 믿었을지도 모릅니다. 양지에 있는 나무와 그늘에 있는 나무의 나뭇잎들이 아주 완벽하게 맑은 웅덩이 물에 비쳤습니다.

엘리자는 물에 비친 자신의 얼굴을 들여다보고 깜짝 놀랐습니다. 얼굴은 너무나 더럽고 추악했습니다. 엘리자는 작은 손으로 물을 떠 뺨과 이마를 문질러 닦았습니다. 그러자 다시 하얗고 고운 피부로 돌아왔습니다. 엘리자는 옷을 벗고 깨끗한 물속으로 들어가 목욕을 했습니다. 엘리자보다 아름다운 공주는 이 세상에서 찾아볼 수 없었습니다.

엘리자는 옷을 입고 긴 머리를 단정히 땋았습니다. 그리고 샘이 나오는 곳으로 가서는 작은 손으로 물 한 모금을 떠서 마셨습니다. 그런 다음 자신이 어디로 가는지 알지도 못하면서 점점 더 깊은 숲으로 들어갔습니다. 엘리자는 오빠들을 생각했고, 신이 자신의 곁을 떠나지 않을 거라고 생각했습니다. 엘리자 앞에는 야생 사과나무 한 그루가 서 있었습니다. 배고픈 사람들이 먹을 수 있도록 신이 사과나무를 심어 놓은 것이 아닐까요? 사과나무의 가지는 열매의 무게 때문에 거의 땅까지 휘어져 있었습니다. 엘리자는 사과나무 아래서 잠시 휴식을 취하며, 끼니를 때웠습니다. 엘리자는 떠나기 전, 막대기를 찾아 주렁주렁 사과가 열린 나뭇가지를 받쳐 주었습니다. 숲은 점점 더 어두워졌습니다. 게다가 어찌나 고요했는지 발소리는 물론 발밑에서 바스러지는 작은 나뭇가지와 이파리 소리까지 들렸습니다. 어떤 새도 보이지 않았고, 울창한 나뭇가지에 가려 어떠한 햇빛도 잎 사이로 비치지 않았습니다. 나무들은 서로 너무나 가까이 자라나서 엘리자가 앞을 보았을 때, 마치 나무 울타리 속에 갇혀 있는 듯한 느낌이었습니다. 아, 이곳에서 엘리자는 더할 나위 없이 외로워졌습니다.

깊은 밤이 찾아왔습니다. 단 한 마리의 반딧불도 어둠 속에서 빛을 내지 않았습니다. 서글퍼진 엘리자는 잠을 자려고 누웠습니다. 엘리자의 얼굴은 슬픔으로 가득 찼습니다. 그 순간 머리 위에 있던 나뭇가지들이 커튼처럼 옆으로 벌어졌습니다. 엘리자는 신이 다정한 눈길로 자신을 내려다보고 있다는 것을 알았습니다. 작은 천사들도 신의 어깨나 팔 밑에서 몰래 엘리자를 엿보았습니다.

다음 날 아침, 잠에서 깬 엘리자는 정말로 신을 보았는지 아니면 단지 꿈이었는지 알지 못했습니다. 엘리자는 바구니에 열매를 들고 가는 할머니를 만났습니다. 할머니는 엘리자에게 열매를 권했습니다. 엘리자는 할머니에게 숲 사이로 말을 타고 가는 열한 명의 왕자를 보았는지 물었습니다.

할머니가 대답했습니다.

"아니, 못 봤단다. 하지만 머리에 금관을 쓰고 이곳에서 멀지 않은 개울에서 헤엄치고 있는 열한 마리의 백조들은 보았단다."

할머니는 엘리자에게 그 길을 알려 주겠다고 했습니다. 그리고 엘리자를 절벽이 있는 곳까지 안내했습니다. 절벽 아래에 있는 강은 숲 사이로 구불구불 굽이쳐 흘렀습니다. 강은 터널 속으로 흘러가는 것처럼 보였습니다. 양쪽에서 자라고 있는 나무들의 무성한 잎과 나뭇가지가 서로를 향해 뻗어서 엉켜 있었기 때문입니다. 개울까지 닿지 않는 가지들은 나무줄기를 붙잡고 있었습니다. 서로 맞닿아 강물 위로 가지를 드리운 나무도 있었습니다.

엘리자는 할머니에게 작별 인사를 건네고, 바다로 이어지는 곳까지 개울물을 따라갔습니다. 드디어 엘리자의 앞에 아름다운 바다가 나타났습니다. 하지만 바다 위에는 돛단배 한 척 보이지 않았습니다. 엘리자는 바다를 건널 수 없었습니다. 이제 어떻게 오빠들을 찾을 수 있을까요? 엘리자는 아래를 내려다보았습니다. 해변은 조약돌로 뒤덮여 있었습니다. 모두 파도에 씻겨 작고 둥글었습니다. 쇠, 유리, 철, 돌 모두 엘리자의 발아래 있는 모든 것이 바닷물에 쓸려 닳아 있었습니다. 하지만 바닷물은 엘리자의 연약한 손보다 더 부드러웠습니다.

"파도는 지치지 않고 철썩이며 아주 단단한 돌도 부드럽게 만드는구나. 나도 파도처럼 지치지 말아야지. 파도야, 나에게 교훈을 주어서 고마워. 언젠가는 사랑하는 오빠들에게 나를 데려다 줄 거라 믿어."

해변에 말라붙은 해초 속에서 엘리자는 열한 개의 백조 깃털을 발견했습니다. 엘리자는 깃털을 집어 들어 작은 다발을 만들었습니다. 깃털에는 이슬인지 눈물인지 모를 물방울이 달려 있었습니다. 비록 엘리자는 혼자였지만 외롭지 않았습니다. 계속 변하는 바다의 광경을 지켜볼 수 있었기 때문입니다. 평생 본 맑은 호수보다 몇 시간 동안 바라보는 바다가 훨씬 더 화려했습니다. 바다 위로 먹구름이 밀려오면 바다도 검게 변하는 듯했습니다.

갑자기 바람이 불어와 파도에 부딪히면 물거품이 일고 파도가 솟구쳤습니다. 하지만 구름이 분홍빛으로 변하고 바람이 잠들면, 바다는 장미꽃잎처럼 붉게 빛났습니다. 때로는 초록빛으로, 또 때로는 파랗고 하얗게 변하기도 했습니다. 바다는 모든 색깔을 가지고 있었습니다. 심지어는 잔잔할 때조차 해변 가장자리에는 잔물결이 일렁거렸습니다. 잠든 어린아이의 가슴처럼 오르락내리락 했습니다.

태양이 바다 뒤로 미끄러져 내려가기 시작할 때, 엘리자는 머리에 금관을 쓰고 해변을 향해 날아오는 열한 마리의 백조를 보았습니다. 하늘을 가로질러 뻗혀 나오는 하얀 리본처럼 그들은 차례차례 내려앉았습니다. 엘리자는 비탈로 올라가 숲 뒤에 숨었습니다. 백조들은 엘리자의 근처에서 커다랗고 우아한 하얀 날개를 퍼덕였습니다.

해가 수평선 아래로 넘어가는 순간, 백조들의 깃털이 빠지는가 싶더니 열한 명의 잘생긴 왕자로 변했습니다. 비록 마지막 모습을 본 이후로 오빠들이 다 컸지만, 엘리자는 알아볼 수 있었습니다. 엘리자는 매우 기뻐서 소리를 지르며 뛰쳐나와 오빠들의 품에 안겼습니다. 왕자들은 아름답게 자란 엘리자를 보고 기뻐했습니다. 그들은 울고 웃었습니다. 그리고 사악한 계모의 나쁜 행동에 대해서도 분명히 알게 되었습니다.

첫째 왕자가 입을 열었습니다.

"우리는 해가 하늘에 떠 있는 동안은 백조로 날아다녀야 해. 하지만 밤이 찾아오면 다시 사람의 모습으로 돌아온단다. 그래서 해가 질 무렵에는 쉴 곳을 찾아야 해. 구름 위를 계속 날다가는 바다에 떨어져 죽게 될 거야. 이곳은 우리가 사는 곳이 아니야. 우리는 바다 저 너머에 있는 나라에 살고 있어. 바다는 매우 넓고 우리가 사는 곳은 멀리 떨어져 있어. 그렇기에 여행하는 동안 쉴 수 있는 섬이 없단다. 바다 한가운데에 외로운 바위 하나가 솟아 있어. 그 바위는 너무 작아서 서로 꼭 붙어 있어야만 해. 파도가 바위에 부딪혀 부서지면 우리들은 바닷물을 뒤집어쓰게 돼. 하지만 우리는 그 울퉁불퉁한 바위조차 감사한단다. 바위가 그곳에 없었다면 우리는 왕국에 다시는 돌아갈 수 없었을 테니까. 사실 우리는 1년에 딱 한 번, 해가 가장 긴 날 고향에 갈 수 있어. 우린 그곳에서 열하루의 여름날을 머무르지. 그러고 나서 우리는 돌아가야 해. 그렇게 우리는 커다란 숲을 날아가서 짧은 시간 동안 아버지가 계시고 우리가 태어났던 성을 볼 수 있어. 그리고 어머니가 잠들어 있는 교회의 탑을 빙빙 돌 수 있지. 나무와 덤불이 마치 우리의 일부인 것처럼 느껴지곤 한단다. 야생마들은 우리가 어렸을 때 그랬던 것처럼 평원을 가로질러 힘차게 질주하고, 집시들은 여전히 우리가 알고 있는 노래를 부르고 있어. 바로 이것들이 1년에 단 한 번이라도 우리가 돌아가야만 하는 이유야. 여긴 우리가 사랑하는 고향이야. 이 땅이 서로를 끌어당겨 우리를 다시 만나게 해 주었구나. 그렇지만 우리는 여기에서 이틀밖에 머물 수가 없어. 우리는 다시 바다를 건너 돌아가야 해. 어떻게 너를 데려갈 수 있을까? 우리에게 배는 물론 나룻배도 없잖아!"

"왕비가 내린 저주를 어떻게 풀 수 있을까요?"

엘리자가 물었습니다.

엘리자와 오빠들은 밤새도록 이야기를 나누었습니다. 그들은 단지 잠시 동안만 졸았을 뿐입니다.

다음 날 아침, 엘리자는 머리 위에서 퍼덕이는 백조들의 날갯소리에 잠에서 깼습니다. 엘리자의 오빠들은 다시 백조로 변해 있었습니다. 오빠들은 엘리자 위에서 원을 그리며 날다가 숲속으로 사라졌습니다. 하지만 막내 오빠는 떠나지 않고 엘리자 곁에 남아 있었습니다. 막내 오빠는 하얀 머리를 엘리자의 무릎에 올려놓았습니다. 엘리자는 하얀 백조의 날개를 쓰다듬었습니다. 둘은 하루 종일 함께 있었습니다. 해가 지기 직전에 다른 오빠들이 돌아왔습니다. 그리고 황혼이 낙졌을 때 오빠들은 다시 왕자가 되었습니다.

큰오빠가 말했습니다.

"내일이 오면 우리는 다시 새로운 고향으로 날아가야만 해. 우리는 더 이상 머물 수 없어. 우리가 되돌아오려면 꼬박 1년이 걸릴 텐데. 어떻게 너를 혼자 두고 갈 수 있겠니. 엘리자야, 우리와 함께 갈 수 있는 용기가 있니? 내 팔은 너를 안고 숲을 빠져나갈 수 있을 만큼 아주 튼튼해. 우리 모두의 날개를 하나로 모으면 분명 바다를 건널 수 있을 거야."

"나는 오빠들과 함께 갈 거야!"

엘리자가 소리쳤습니다.

오빠들은 밤새도록 갈대와 버드나무 껍질로 튼튼한 그물을 짰습니다. 해가 뜨기 직전에 엘리자는 그물에 누웠습니다. 엘리자는 너무 피곤해서 잠이 들었습니다. 태양이 떴을 때, 오빠들은 다시 백조로 변했습니다. 백조들은 부리로 그물을 들어 올렸습니다. 그런 후 자고 있는 여동생 엘리자와 함께 구름 속으로 날아올랐습니다. 아주 뜨거운 태양 광선이 엘리자의 얼굴에 내리쬐었습니다. 백조 중 한 마리가 머리 위로 높이 날아 커다란 날개로 그늘을 만들어 주었습니다.

엘리자가 깨어났을 때 그들은 이미 육지에서 멀리 떨어진 바다 위에 있었습니다. 하늘을 날고 있다는 사실이 너무 신기해서 엘리자는 꿈을 꾸는 것만 같았습니다. 몇 개의 잘 익은 열매와 뿌리 한 움큼이 엘리자 옆에 놓여 있었습니다. 엘리자를 위해 막내 오빠가 준비해 둔 것이었습니다. 엘리자는 막내 오빠에게 미소를 지었습니다. 그늘을 기려 준 것도 막내 오빠라는 사실을 엘리자는 잘 알고 있었습니다.

백조들이 어찌나 높이 날았는지 바다 위에 떠 있는 배가 물위에 앉은 갈매기처럼 작아 보였습니다. 산처럼 커다란 구름이 뒤에서 몰려왔습니다. 구름 위로 백조와 엘리자의 그림자가 비쳤습니다. 이렇게 장대한 광경은 본 적이 없었습니다. 태양은 점점 높아지고 구름은 점점 멀어졌습니다. 곧 그림자도 사라졌습니다.

백조들은 하루 종일 화살처럼 빠르게 공중을 날았습니다. 엘리자를 데려가지 않았다면 비행은 훨씬 더 빨랐을 것입니다. 해가 지기 시작하면서 구름은 폭풍우가 다가올 것을 경고했습니다. 엘리자는 걱정스런 마음으로 아래를 내려다보았습니다. 그러나 바다만 끝없이 펼쳐졌습니다. 엘리자는 바다 위에 홀로 서 있는 바위를 보지 못했습니다. 백조들은 더욱 더 힘찬 날갯짓을 했습니다. 엘리자는 오빠들이 빨리 날지 못하는 게 자기 탓인 것만 같아 미안했습니다. 태양이 지면 백조들은 다시 인간으로 변해 바다에 빠져 죽게 됩니다. 엘리자는 신에게 마음을 다해 기도를 했습니다. 하지만 여전히 작은 바위는 보이지 않았습니다. 거대한 먹구름이 하늘을 뒤덮었습니다. 머지않아 폭풍우가 그들에게 닥쳐올 것입니다. 파도는 납처럼 차갑고 무거워 보였으며 구름 속에서는 번개가 쳤습니다.

태양의 가장자리가 바다에 닿았습니다. 엘리자는 두려움에 떨었습니다. 갑자기 백조들이 아래로 빠르게 내려갔습니다. 엘리자는 떨어지고 있다고 생각했습니다. 그러나 그때 백조들의 날개가 다시 펼쳐졌습니다. 태양이 반쯤 잠겼을 때, 작은 바위가 보였습니다. 바다 위에 빼꼼히 머리만 내놓은 바다표범처럼 보였습니다. 엘리자의 발이 바위에 닿자마자 불붙은 종이조각처럼 태양이 마지막 빛이 확 타오르며 이내 사라졌습니다. 오빠들은 어깨동무를 하고 엘리자를 둥글게 에워쌌습니다. 그 바위는 너무나 작아서 서로 꼭 잡고 밤새도록 서 있어야 했습니다. 번개는 하늘을 밝혔고 천둥은 요란한 소리를 냈습니다. 그들은 서로의 손을 잡고 위안과 용기를 주는 찬송가를 불렀습니다.

새벽녘에 폭풍우가 가라앉았습니다. 공기는 상쾌하고 맑았습니다. 해가 뜨자마자 백조들은 바위에서 엘리자를 데리고 날아갔습니다. 바다는 여전히 요동치고 있었습니다. 푸른 바다의 하얀 파도 거품은 수백 마리의 백조가 헤엄치고 있는 것처럼 보였습니다.

태양이 하늘 높이 솟았을 때, 엘리자는 낯선 경치를 보게 되었습니다. 얼음과 눈으로 뒤덮인 산맥이 있었습니다. 산 아래 중간쯤에는 거대한 궁전이 있었습니다. 궁전의 길이는 몇 킬로미터나 되었고, 아치 기둥 위에 또 다른 기둥을 쌓아서 만들어졌습니다. 바람에 부드럽게 흔들리는 야자나무 숲이 있었습니다. 물레방아만큼이나 넓은 아름다운 꽃밭도 펼쳐져 있었습니다. 엘리자는 저곳이 오빠들이 사는 나라인지 물었습니다. 그러나 백조들은 고개를 가로저었습니다. 엘리자가 보고 있던 것은 신기루였습니다. 그것은 공기 중에서 끊임없이 변하는 성으로 어떤 사람도 들어갈 수 없었습니다. 엘리자가 다시 쳐다보자 산과 숲, 성이 모두 사라졌습니다. 그리고 그 자리에 높은 탑과 아치형 창문이 똑같은 스무 채의 교회가 나타났습니다. 엘리자의 귓가에 오르간 연주 소리가 들리는 듯했습니다. 하지만 그것은 저 아래에서 들리는 파도 소리일 뿐이었습니다. 교회 쪽으로 다가가자, 교회는 다시 높은 돛을 단 배로 바뀌었습니다. 엘리자가 다시 아래를 내려다보니 바다 위에 떠다니는 안개밖에 보이지 않았습니다. 바다와 눈앞의 세상은 시시각각 변하며 끊임없이 바뀌고 있었습니다. 마침내 엘리자는 진짜 목적지인 육지를 보았습니다. 삼나무 숲으로 뒤덮인 산과 도시와 성이 나타났습니다. 해가 지기 전에 백조들은 한 동굴 앞에 내려앉았습니다. 동굴 바닥에는 부드러운 덩굴이 뒤엉켜 색실로 짠 양탄자처럼 보였습니다.

"내일 너는 우리들에게 네가 꿈꾼 것을 말해 주어야 해."

엘리자에게 잠자리가 될 동굴을 보여 주며 막내 오빠가 말했습니다.

"사악한 왕비가 걸어 놓은 주문을 풀 수 있는 꿈을 꾸면 좋겠어요."

엘리자가 대답했습니다.

엘리자는 오로지 그 생각에만 몰두했습니다. 얼마나 마음을 쏟아 간절히 기도를 했던지 잠꼬대까지 할 정도였습니다. 꿈속에서 엘리자는 신기루 성으로 날아가 들어갔습니다. 눈부시게 예쁜 요정이 엘리자를 환영해 주었습니다. 요정은 숲에서 열매를 주었던 할머니와 꼭 닮은 모습이었습니다. 머리에 금관을 쓴 열한 마리 백조에 대해서 말해 주었던 바로 그 할머니 말입니다. 요정은 말하기 시작했습니다.

"당신은 오빠들의 저주를 풀 수 있어요. 충분한 용기와 인내심만 있다면요. 바다의 파도는 당신의 손보다 부드럽지만, 그 파도는 단단한 돌을 매끈한 모양으로 만들 수 있어요. 파도는 당신의 손가락이 느낄 수 있는 고통을 느끼지는 못해요. 파도는 심장이 없어서 두려움도 알지 못하죠. 그 고통을 당신은 참아 내야만 해요. 제가 손에 쥐고 있는 쐐기풀을 보세요. 당신이 지금 자고 있는 동굴 주위에는 많은 쐐기풀이 자라고 있어요. 오로지 이곳에서 자라는 쐐기풀이나 교회 무덤에서 자라는 쐐기풀만을 사용할 수 있어요. 당신은 그것들을 꺾어야만 해요. 그 쐐기풀들이 당신의 손에 물집을 만들고, 얼얼하게 만들 거예요. 그래도 쐐기풀을 모아 맨발로 밟아야 해요. 쐐기풀을 으깨서 실로 만든 다음 긴 소매가 달린 열한 벌의 스웨터를 떠야 해요. 그렇게 짠 옷을 백조들에게 던지면 저주가 풀릴 거예요. 하지만 기억하세요. 이 일을 시작해서 끝나는 순간까지 당신은 말을 해서는 안 되고, 절대로 다른 사람에게 말을 걸어서도 안 돼요. 수년이 걸린다 할지라도 당신은 말을 못 하는 사람이 되어야 해요. 한마디라도 한다면 그 말은 비수가 되어 오빠들의 심장에 꽂힐 거예요. 오빠들의 목숨은 당신의 혀에 달려 있어요. 명심하세요!"

요정은 쐐기풀로 엘리자의 손을 만졌습니다. 엘리자는 불에 덴 것 같은 고통을 느끼며 잠에서 깨어났습니다. 밝은 대낮이었습니다. 엘리자의 옆에는 꿈속에서 보았던 것과 똑같은 쐐기풀이 놓여 있었습니다. 엘리자는 무릎을 꿇고 감사의 기도를 올렸습니다. 그러고 나서 엘리자는 일을 시작하기 위해 동굴을 나왔습니다.

엘리자는 곱고 아름다운 손으로 끔찍한 쐐기풀을 꺾었습니다. 엘리자의 손은 타는 듯한 고통과 함께 팔과 손에 큰 물집이 돋았습니다. 그러나 오빠들을 구할 수만 있다면 그런 고통쯤은 문제가 되지 않았습니다. 엘리자는 모든 쐐기풀을 꺾었고 맨발로 그것을 밟았습니다. 쐐기풀은 가느다란 녹색 실로 변해 꼬을 수 있게 되었습니다.

해가 지고 오빠들이 돌아왔습니다. 오빠들은 엘리자가 말을 못 하게 된 것을 알고 깜짝 놀랐습니다. 처음에는 사악한 계모가 주문을 걸었다고 생각했습니다. 하지만 오빠들은 엘리자의 손이 물집으로 뒤덮여 있는 것을 보고는 그 일이 자신들을 위한 것임을 알아차렸습니다. 막내 오빠의 눈물이 엘리자의 손에 떨어졌습니다. 거짓말처럼 고통이 멈췄고 타는 듯한 물집도 사라졌습니다.

그날 밤, 엘리자는 잠을 이룰 수 없었습니다. 엘리자는 밤새도록 일을 했습니다. 오빠들이 자유로워질 때까지는 쉴 수 없었습니다. 다음 날 오빠들이 떠나고 엘리자는 혼자 있었지만 시간은 더 빨리 지나갔습니다. 해가 질 무렵에 첫 번째 쐐기풀 스웨터 하나가 완성되었습니다. 엘리자는 두 번째 스웨터를 뜨기 시작했습니다.

그때 엘리자는 산속에서 들려오는 사냥꾼들의 나팔 소리를 들었습니다. 엘리자는 두려웠습니다. 나팔 소리가 점점 더 가까워지면서 개가 짖는 소리도 들렸습니다. 겁이 난 엘리자는 동굴로 뛰어 들어가 그녀가 모아 두었던 쐐기풀 더미 위에 앉았습니다.

덤불 속에서 커다란 개 한 마리가 뛰어나왔습니다. 그리고 또 한 마리가 나왔습니다. 동굴로 들어가는 입구 앞에서 개들은 짖으며 이리저리 뛰어다녔습니다. 곧이어 사냥꾼들도 뒤따라왔습니다. 그들 중 가장 잘생긴 사람은 그 나라의 왕이었습니다. 그는 동굴로 들어와 엘리자를 발견했습니다. 왕은 그녀보다 더 아름다운 아가씨를 본 적이 없었습니다.

"아름다운 아가씨가 왜 이곳에 숨어 있는 건가요?"

왕이 물었습니다. 엘리자는 대답 대신 고개를 가로저었습니다. 오빠들의 목숨이 그녀의 침묵에 달려 있기 때문에 엘리자는 말을 할 수 없었습니다. 엘리자는 손에 난 상처를 숨기기 위해 앞치마 밑으로 손을 넣었습니다.

왕이 말했습니다.

"여기는 그대가 있을 곳이 아니오. 나와 함께 갑시다. 아름다운 외모

만큼이나 마음도 고운 사람이라면 벨벳과 비단으로 된 옷을 입고, 머리에는 금관도 쓰게 될 것이오. 그리고 화려한 성에서 나와 함께 삽시다."

왕은 엘리자를 번쩍 들어 말에 태웠습니다. 엘리자는 눈물을 흘리며 손을 뿌리치려 했습니다. 그러나 왕은 엘리자를 다시 내려놓으려 하지 않았습니다. 왕이 말했습니다.

"언젠가 나의 행동에 고마워하게 될 거요. 그대를 행복하게 해 주고 싶소."

그러고는 엘리자를 태운 말에 박차를 가해 산을 넘어 질주했습니다. 다른 사냥꾼들도 그 뒤를 따랐습니다.

저녁때 그들은 많은 교회와 궁전이 있는 왕의 도시에 도착했습니다. 왕은 엘리자를 높은 방이 있는 성으로 데려갔습니다. 대리석으로 된 거대한 홀에는 화려한 분수들이 물을 뿜어내고, 천장과 벽에는 아름다운 그림이 그려져 있었습니다. 하지만 엘리자는 이것들 중 어느 것도 보지 못했습니다. 너무나 슬프고 비통하게 울고 있었기 때문입니다. 시녀들이 왕실의 가운을 입혀 주고, 진주로 머리를 묶어 주고, 물집이 잡힌 손에 장갑을 끼워 줄 때도 엘리자는 힘없이 가만히 있었습니다.

엘리자의 모습은 눈이 부시도록 아름다웠습니다. 엘리자가 아름답게 옷을 입고 큰 방으로 들어갔을 때, 모든 궁전에 있는 사람들은 인사를 하고 무릎을 꿇어 절을 했습니다. 왕은 엘리자를 신부로 맞이하겠다고 선언했습니다. 단지 대주교만이 고개를 흔들며 숲에서 온 어린 여자아이는 마녀가 틀림없다고 속삭였습니다. 마법으로 사람들을 홀리고 왕의 마음을 빼앗은 것이라고 말했습니다.

왕은 그의 말을 듣지 않았습니다. 왕은 음악을 울리고 연회를 시작하도록 명했습니다. 무용수들은 엘리자를 위해 춤을 추었습니다. 왕은 그녀에게 향기로운 정원을 보여 주었고, 성안에 있는 거대한 방들도 보여 주었습니다. 하지만 엘리자의 입가에는 미소가 떠오르지 않았고, 눈에도 생기가 돌지 않았습니다. 엘리자의 얼굴에는 영원할 것 같은 슬픈 표정만이 가득했습니다.

마침내 왕은 엘리자에게 작은 방을 보여 주었습니다. 그 방의 벽과 바닥은 값비싼 초록색 양탄자로 덮여 있었습니다. 그곳은 엘리자가 오빠들과 함께 있었던 동굴처럼 보였습니다. 모퉁이에는 엘리자가 쐐기풀로 짜 놓은 초록색 실이 놓여 있었습니다. 그리고 천장에는 엘리자가 떠 놓은 스웨터가 걸려 있었습니다. 사냥꾼 중 한 명이 호기심에 그 모든 것을 가져왔습니다.

왕이 말했습니다.

"이곳에 있으면 그대가 있던 동굴로 돌아간 기분이 들 것이오. 자, 여기에 그대가 하던 일감도 있소. 화려한 궁전에서 지난 일을 생각하는 것은 그대를 기쁘게 해 줄 것이오."

가장 소중한 물건을 본 엘리자의 입가에 달콤한 미소가 떠올랐습니다. 뺨에도 생기가 돌았습니다. 엘리자는 자유를 얻을 수 있는 오빠들을 생각하며 왕의 손에 입을 맞추었습니다. 그러자 왕은 엘리자를 끌어안았습니다. 교회마다 왕과 엘리자의 결혼 소식을 알리는 종소리가 울려 퍼졌습니다. 숲에서 온 말 없는 아가씨가 왕비가 되는 순간이었습니다.

대주교는 왕의 귀에 대고 나쁜 말들을 속삭였습니다. 그러나 그 말들은 왕의 마음을 바꿀 수 없었습니다. 결혼식이 열렸고 대주교는 직접 엘리자에게 왕관을 씌워 주어야 했습니다. 심기가 불편했던 대주교는 엘리자의 머리가 아프도록 꽉 눌렀습니다. 하지만 엘리자는 고통을 느끼지 못했습니다. 오빠들에 대한 걱정으로 마음이 아팠던 엘리자는 육체의 고통쯤은 충분히 참아 낼 수 있었습니다. 한마디의 말로도 오빠들이 죽을 수 있기 때문에 엘리자는 입을 굳게 닫았습니다. 그러나 엘리자의 눈에는 왕에 대해 느꼈던 사랑이 고스란히 담겨져 있었습니다. 그리고 왕은 그녀를 기쁘게 해 줄 수 있는 일은 무언이든 다 해 줄 정도로 친절했습니다. 시간이 흐를수록 엘리자는 왕을 더 사랑하게 되었습니다. 엘리자는 왕에게 모든 사실을 말하고 고통을 함께 나눌 수 있다면 더 바랄 게 없었습니다. 하지만 일이 다 끝날 때까지 절대로 입을 열어서는 안 되었습니다.

엘리자는 밤이 되면 침실을 빠져나와 녹색 양탄자가 있는 작은 방으로 건너갔습니다. 그리고 오빠들을 위한 스웨터를 만들었습니다. 그런데 일곱 번째 옷을 짜기 시작할 때, 더 이상 뜨개질 할 초록색 실이 없었습니다. 교회 무덤에서 자라는 쐐기풀을 사용해야 저주를 풀 수 있었기 때문에 엘리자는 스스로 그것들을 꺾으러 가야 했습니다. 그러나 아무에게도 들키지 않고 어떻게 그곳에 갈 수 있을까요? 엘리자는 막막했습니다.

엘리자는 생각했습니다.

'내 손에서 느끼는 고통이 내 가슴에서 느끼는 고통과 비교가 될까! 어떻게든 그 풀을 구해야만 해. 신은 나를 도와줄 거야.'

엘리자는 막 하려는 것이 나쁜 행동인 양 두려워하며 밤늦게 성을 빠져나왔습니다. 엘리자는 달빛이 환한 정원을 가로질러 텅 빈 거리를 통해 교회의 무덤까지 갔습니다. 무덤에는 달빛도 없었습니다. 그런데 가장 큰 비석 위에 귀신들이 모여 앉아 있는 것을 보았습니다. 그들은 짐승의 몸과 여자의 머리를 가지고 있는 무서운 괴물들이었습니다. 그들은 죽은 사람들의 무덤을 파 시체의 살점을 먹었습니다. 쐐기풀을 뜯기 위해서는 그들 옆을 지나가야만 했습니다. 귀신들이 무섭게 엘리자를 계속 쳐다보았지만, 엘리자는 기도를 외우며 쐐기풀을 꺾어서 성으로 돌아왔습니다.

단지 한 사람만이 엘리자를 보았습니다. 바로 모든 사람이 자고 있을 때 깨어 있던 대주교였습니다. 이제 자신이 말했던 것이 사실로 판명 났다고 대주교는 생각했습니다. 엘리자의 행동은 분명 신분에 맞지 않는 것이었습니다. 대주교는 엘리자를 왕과 모든 신하들에게 주문을 걸었던 마녀라고 생각했습니다.

다음 날 왕이 고해성사를 하러 왔을 때 대주교는 그가 본 것과 그가 두려워하는 것을 말했습니다. 대주교의 입에서 비난의 말들이 거칠게 쏟아지자, 성자 조각상들은 고개를 가로저었습니다. 그것은 마치 "그건 사실이 아니에요. 엘리자는 죄가 없어요!"라고 말하는 것처럼 보였습니다. 하지만 대주교가 그것을 다르게 해석해서 받아들였습니다. 조각상들이 엘리자의 죄에 대한 공포감으로 그들의 머리를 가로젓고 있다고 대주교는 말했습니다. 왕의 커다란 눈에서 눈물이 흘러내렸습니다. 왕은 무거운 마음으로 돌아갔습니다. 그날 밤 왕은 자는 척을 했고, 엘리자가 일어났을 때 뒤를 따라가 보았습니다. 매일 밤, 엘리자는 계속해서 일을 했습니다. 그리고 매일 밤, 왕은 엘리자가 작은 방으로 사라지는 걸 지켜보았습니다.

왕의 얼굴은 어두웠고 근심이 가득했습니다. 엘리자도 그 사실을 눈치챘지만 이유는 알 수 없었습니다. 이 새로운 슬픔은 엘리자의 마음을 더 무겁게 했습니다. 엘리자의 뜨거운 눈물이 벨벳 드레스 위로 떨어졌습니다. 그 눈물은 자줏빛 옷감 위에서 다이아몬드처럼 빛났고, 이 광경을 본 사람들은 모두 왕비를 부러워했습니다. 엘리자의 일도 끝이 보이기 시작했습니다. 이제 한 벌만 더 완성하면 되었습니다. 하지만 또 쐐기풀이 다 떨어지고 말았습니다. 마지막으로 한 번 더 교회 무덤으로 가야 했습니다. 엘리자는 무시무시한 마녀들이 우글거리는 곳을 지나가야 한다는 생각에 공포에 떨었습니다. 그러나 오빠들과 신에 대한 자신의 믿음을 생각하고서 용기를 냈습니다.

밤이 되자 엘리자는 궁전을 빠져나갔습니다. 왕과 대주교 또한 은밀하게 엘리자를 따라갔습니다. 그들은 엘리자가 교회 무덤의 문 사이로 사라지는 것을 보았습니다. 문으로 들어서자 지난번에 보았던 끔찍한 귀신들이 묘비 위에 앉아 있었습니다. 왕은 엘리자가 귀신 쪽으로 걸어가는 걸 보았습니다. 그 순간 왕은 혐오감에 휩싸여 고개를 돌렸습니다. 바로 그날 저녁까지만 해도 자신의 팔베개를 베고 쉬고 있던 엘리자가 귀신들과 같이 있을지도 모른다는 생각이 들었기 때문입니다.

왕이 말했습니다.

"백성들이 엘리자에 대한 판결을 내리도록 하라."

백성들은 엘리자에게 유죄로 판결을 내렸고 화형을 처해야 한다고 말했습니다. 엘리자는 화려한 왕실에서 어둡고 추운 지하 감옥으로 쫓겨났습니다. 쇠창살이 달린 감옥 창문으로 바람이 소리를 내며 들어왔습니다. 감옥에는 비단으로 된 천과 벨벳으로 된 베개가 있는 침대 대신에, 엘리자가 모았던 쐐기풀 다발을 넣어 주었습니다. 엘리자가 짠 거친 스웨터가 베개와 이불이 되었습니다. 하지만 엘리자에게 그보다 소중한 것은 없었습니다. 엘리자는 신에게 기도를 했습니다. 그리고 마지막 옷을 뜨기 시작했습니다. 밖의 길거리에서는 개구쟁이 사내아이들이 엘리자를 조롱하고 경멸하는 노래를 불렀습니다. 아무도 엘리자에게 위로의 말을 건네지 않았습니다.

해가 질 무렵, 엘리자는 창문 앞에서 백조의 날개가 퍼덕이는 소리를 들었습니다. 여동생을 찾아온 막내 오빠였습니다. 엘리자는 오늘이 마지막 밤이란 걸 알고 있었지만, 오빠를 만난 기쁨에 흐느껴 울었습니다. 옷이 거의 다 완성되어 가고 있었습니다. 엘리자는 더 이상 두려울 게 없었습니다.

대주교는 엘리자가 살아 있는 마지막 몇 시간 동안 함께 지낼 거라고 왕에게 말했습니다. 그러나 그가 들어왔을 때 엘리자는 고개를 가로저었습니다. 그리고 문 쪽을 가리키며 나가 달라는 시늉을 했습니다. 엘리자의 일은 그날 밤 완성되어야만 했습니다. 그렇지 않으면 그동안의 모든 고통과 눈물, 아픔이 헛된 일이었습니다. 대주교는 엘리자에게 불쾌한 말을 하고 떠났습니다. 엘리자는 자신이 결백하다는 걸 알았습니다. 하지만 입증하기 위해서는 말을 해야 했습니다. 가여운 엘리자는 묵묵히 남은 일을 계속했습니다.

작은 생쥐가 바닥을 가로질러 뛰어다니며 엘리자의 발치에 쐐기풀을 가져다주었습니다. 그들은 엘리자를 도와주고 싶어 했습니다. 그리고 엘리자가 용기를 잃지 않도록 개똥지빠귀 한 마리는 쇠창살 밖에서 노래를 불렀습니다.

해가 뜨기 한 시간 전, 엘리자의 오빠들은 궁전 앞에 찾아와 왕을 만나게 해 달라고 간청했습니다. 그러나 그들은 거절당했습니다. 아직 이른 시각이었고, 감히 왕을 깨울 수 없다는 것이었습니다. 엘리자의 오빠들은 다시 사정을 하기도 하고 협박을 하기도 했습니다. 그들이 너무나 소란을 피워 결국 호위병들이 문을 열었고, 마침내는 왕도 나왔습니다. 그러나 그 순간에 해가 떴습니다. 오빠들의 모습이 순식간에 사라지더니 열한 마리의 백조가 성 높은 곳에서 날고 있었습니다.

긴 행렬의 사람들이 도시의 대문을 통해 서둘러 들어왔습니다. 모든 사람들은 마녀가 화형당하는 것을 보고 싶어 했습니다. 늙고 기력이 없는 암말이 엘리자가 앉아 있는 마차를 끌었습니다. 엘리자는 참회복을 입고 있었습니다. 엘리자의 머리는 풀어져 아름다운 얼굴 주위에 아무렇게나 붙어 있었습니다. 두 뺨은 생기를 잃어 아주 창백했습니다. 입술은 떨리고 있었지만, 엘리자의 손은 마지막 옷을 만드느라 빠르게 움직였습니다. 죽음이 가까이 왔지만 멈출 수 없었습니다. 나머지 열 개의 스웨터는 엘리자의 발밑에 있었습니다. 도로에 늘어선 군중들은 엘리자를 야유하고 조롱했습니다.

그들은 외쳤습니다.

"저 마녀를 보세요! 그녀는 주문을 외고 있습니다. 그녀의 손에 들려 있는 것 좀 보세요! 저것은 성가집이 아니에요! 마법의 책이에요! 저것을 빼앗아서 갈기갈기 찢어 버려요!"

군중들은 마차를 세우고 엘리자가 뜨고 있는 쐐기풀을 손에서 빼앗아 찢으려 했습니다. 그러나 그 순간에 열한 마리의 하얀 백조가 날아 내려와서 마차의 난간 위에 앉았습니다. 그들은 날개를 퍼덕이며 엘리자를 에워쌌습니다. 깜짝 놀란 사람들은 뒤로 물러났습니다.

몇몇 사람들은 속삭였습니다.

"아, 저것은 하늘의 계시야. 그녀는 죄가 없어."

여기저기서 사람들이 수군거렸습니다. 하지만 그들 중 누구도 감히 큰 소리로 말하지 못했습니다.

사형 집행관은 엘리자를 화형대로 안내하기 위해 팔을 잡았습니다. 그러나 엘리자는 그로부터 빠져나와서 열한 개의 스웨터를 백조들을 향해 던졌습니다. 그러자 백조들은 잘생기고 멋진 열한 명의 왕자들로 변했습니다. 하지만 열한 번째 옷을 다 뜨지 못한 탓에 막내 오빠만 팔 대신에 백조의 날개가 달려 있었습니다.

"이제 저는 말할 수 있어요. 저는 무죄입니다!"

엘리자가 큰 소리로 외쳤습니다.

기적이 일어났다는 것을 알고 사람들은 성자를 대하듯 엘리자에게 허리를 굽혔습니다. 하지만 엘리자는 그동안의 두려움과 걱정, 고통으로 기진맥진하여 정신을 잃고 오빠들의 품으로 쓰러졌습니다.

"엘리자는 무죄입니다."

제일 큰 오빠가 소리치며, 모든 사람들에게 그동안에 있었던 일을 털어놓았습니다. 그가 말하는 동안 화형대 주위에 높이 쌓아 놓았던 장작에서 수백만 송이의 장미 향기가 퍼져 나왔습니다. 불을 지르려고 쌓아둔 통나무에서는 뿌리가 나고 덩굴이 뻗어 나왔습니다. 빨간 장미꽃이 피어나더니 크고 높은 울타리를 이루었습니다. 그리고 바로 맨 꼭대기에는 별처럼 하얗게 빛나는 장미꽃이 피었습니다. 왕은 그 장미를 꺾어 엘리자의 가슴에 꽂아 주었습니다. 엘리자는 가슴 가득 행복과 평화로움을 느끼며 깨어났습니다.

어떤 종지기도 밧줄을 당기지 않았지만 도시에 있는 모든 교회의 종들이 울려 퍼지기 시작했습니다. 커다란 무리의 새들이 하늘에서 날았습니다. 어디서도 본 적 없는 성대하고 즐거운 결혼식 행렬이 궁으로 이어졌습니다

나이팅게일

지금 내가 여러분에게 들려주려는 이야기는 아주 오래전에 일어났던 일입니다. 그러니 잊히기 전에 지금 들어 두는 것이 좋을 것입니다.

중국 황제의 궁궐은 세상에서 가장 아름다웠습니다. 그 궁궐은 전체가 매우 값비싼 도자기로 만들어졌습니다. 그러나 아주 섬세하고 깨지기 쉬워서 그것에 손대는 사람은 누구나 조심해야 했습니다.

정원에서는 예쁜 은방울이 달려 있는 아름다운 꽃을 볼 수 있었습니다. 정원을 지나가는 사람이면 누구나 딸랑딸랑 울리는 은방울 소리에 고개를 돌리곤 했습니다. 사실 황제의 정원에 있는 모든 것은 사람들의 관심을 끌었고, 정원은 끝없이 펼쳐져서 정원사조차 그 끝이 어딘지 몰랐습니다.

정원의 끝에는 우뚝 솟은 나무들과 깊고 푸른 호수가 있는 아름답고 고상한 숲이 있었습니다. 그 숲은 깊고 푸른 바다까지 이어져 있었고, 큰 배들은 그 숲의 나뭇가지의 그늘 아래로 오갔습니다. 나무들 중 한 그루에 나이팅게일 한 마리가 살았습니다. 나이팅게일의 노랫소리는 매우 아름다워 해야 할 일이 산더미같이 쌓여 있는 가난한 어부조차 일손을 멈추고 귀 기울여 들었습니다. 때때로 가난한 어부는 그물을 끌어당기다 노랫소리를 듣고서 이렇게 말하곤 했습니다.

"아! 나이팅게일의 노랫소리가 얼마나 아름다운가!"

그러나 어부들은 고기를 잡으러 나가면 나이팅게일에 대한 생각은 잊어버렸습니다. 다음 날 저녁, 어부들이 일을 하러 돌아오면 새들은 다시 노래하기 시작했습니다. 그러면 어부들은 똑같이 소리치곤 했습니다.

"아! 나이팅게일의 노랫소리가 얼마나 아름다운가!"

전 세계에서 여행 온 관광객들은 황제의 궁궐과 정원을 보며 감탄했습니다. 그리고 우연히 나이팅게일의 노랫소리를 듣게 되면 하나같이 입을 모아 천상의 소리라고 칭찬했습니다. 그리고 여행자들은 고국으로 돌아가서 그들이 본 것을 들려주었습니다.

학자들은 황제의 도시와 궁궐과 정원을 묘사한 내용을 담은 책을 썼습니다. 또한 그들이 최고라 여겼던 나이팅게일을 잊지 않았습니다. 시인들은 깊은 바닷가 숲에 살고 있는 나이팅게일에 대한 아름다운 시를 공들여 썼습니다. 그 책들은 온 세상을 떠돌았고, 그중 몇 권이 황제의 손에 들어왔습니다.

황제는 황금 의자에 앉아 환희에 찬 표정으로 자신의 도시와 궁궐, 정원을 화려하게 묘사한 책을 읽으며 연신 고개를 끄덕였습니다. 황제의 도시와 궁궐, 정원을 아름답게 묘사한 것이 그를 기쁘게 했기 때문입니다. 하지만 다음 대목에 이르러서는 소리쳤습니다. 책마다 '나이팅게일이 가장 아름답다.'고 쓰여 있었기 때문입니다.

"나이팅게일이 가장 아름답다고? 이게 뭐야? 나는 나이팅게일에 대해 아는 게 없어. 내 제국에 그런 새가 있다고? 그것도 내 정원에? 나는 그것에 대해 들어 본 적이 없어. 책을 읽고서 그 사실을 알게 되다니!"

황제는 시종 중 한 명을 불렀습니다. 그 시종은 콧대가 높아 자신보다 지위가 낮은 사람이 예의 없이 말을 걸거나 질문을 하면 "흥." 하며 아무 의미 없는 대답을 했습니다.

황제가 말했습니다.

"나이팅게일이라 불리는 아주 놀라운 새가 이 책에 언급되어 있다네. 그 새가 이 커다란 왕국에서 최고의 것이라 하는데, 나는 왜 그 새에 대해 들어 본 적이 없는가?"

시종이 대답했습니다.

"소인도 그 이름을 들어 본 적이 없습니다. 그리고 폐하의 정원에서 그 새를 본 사람은 아무도 없습니다."

황제가 말했습니다.

"오늘 저녁에 그 새를 내 앞에 데려와 노래하도록 하는 게 좋겠소. 온 세상 사람들이 내가 가진 것을 나보다 더 잘 안다는 게 말이 되는가!"

시종이 대답했습니다

"그 새에 대해 들어 본 적은 없지만 찾아보도록 노력하겠습니다."

어디에서 나이팅게일을 찾을 수 있을까요? 시종은 방과 복도로 통하는 계단을 오르내렸습니다. 시종은 만나는 사람마다 나이팅게일에 대해 물어보았지만 아는 사람은 없었습니다. 그래서 시종은 황제에게 돌아가 그것은 책을 쓴 사람들이 꾸며 낸 이야기가 틀림없다고 말했습니다.

"폐하, 책에 있는 내용을 모두 믿으셔서는 안 됩니다. 간혹 그들이 마술이라 부르는 것처럼 단지 꾸며 낸 이야기에 불과합니다."

황제는 말했습니다.

"하지만 내가 읽은 책은 일본의 권위 있는 황제가 보내 준 것이오. 그러므로 내용이 거짓일 리 없소. 나는 나이팅게일의 노래를 들어야겠소. 그러니 그 새를 오늘 저녁 이곳으로 꼭 데려오시오. 그 새는 황제의 은혜를 입고 있소. 오늘 저녁까지 찾지 못하면 내 저녁상을 물리고 모든 신하들을 곤장으로 엄하게 다스릴 것이오."

"예이!"

시종은 소리쳐 대답하고 모든 방과 복도로 통하는 계단 위아래를 뛰어다녔습니다. 궁궐에 있는 신하들 절반도 그와 함께 뛰었습니다. 왜냐하면 그들은 곤장 맞는 것을 좋아하지 않았기 때문입니다. 온 세상 사람들이 알고 있지만, 궁궐 사람들만 모르는 아주 놀라운 나이팅게일에 대해 알아내려고 분주했습니다. 마침내 그들은 나이팅게일에 대해 알고 있는 가난한 어린 소녀와 부엌에서 마주쳤습니다.

"아, 나이팅게일요? 나는 나이팅게일을 잘 알아요. 사실 그 새는 노래를 할 수 있답니다. 매일 저녁, 저는 허락을 받아서 궁궐 식탁에서 나오는 남은 음식을 집에 계신 아픈 어머니께 가져갑니다. 어머니는 해안가에 살고 계십니다. 그리고 돌아올 때면 너무 피곤해서 숲속에 앉아 잠시 쉬곤 합니다. 그리고 나이팅게일의 노래를 듣습니다. 그러면 항상 눈물이 흐릅니다. 나이팅게일의 노랫소리는 어머니의 포근한 입맞춤 같습니다."

시종은 말했습니다.

"얘야, 네가 우리를 나이팅게일이 있는 곳으로 안내해 준다면 평생 궁궐 부엌에서 일할 수 있게 해 주고, 황제 폐하가 식사하는 모습을 볼 수 있도록 허락해 주마. 오늘 저녁 그 새를 궁궐로 데려오라는 폐하의 명령이 있었느니라."

그리하여 가난한 소녀는 나이팅게일이 노래하는 숲으로 향했습니다. 궁궐의 신하 절반도 소녀의 뒤를 따랐습니다. 그들이 가는 길에 암소 한 마리가 울기 시작했습니다.

어린 시종이 말했습니다.

"아! 이제 우리가 나이팅게일을 찾았습니다. 저렇게 작은 새가 아주 힘찬 소리를 내네요. 저 소리라면 확실히 들어 본 적이 있습니다."

어린 소녀가 말했습니다.

"아니에요. 저것은 단지 암소의 울음소리입니다. 우리는 아직도 그곳까지 한참 더 가야 합니다."

그때 몇 마리의 개구리가 늪지에서 울기 시작했습니다.

어린 시종이 다시 말했습니다.

"아름다운 소리입니다. 이것은 작은 교회의 종소리처럼 들립니다."

황실의 목사가 말했습니다.

"아니에요. 저것은 개구리 소리입니다. 우리는 곧 나이팅게일의 소리를 듣게 될 겁니다."

그 순간, 나이팅게일이 노래하기 시작했습니다.

어린 소녀가 말했습니다.

"이 소리예요. 들어 보세요! 저기 있네요."

소녀는 나뭇가지 위에 앉아 있는 회색빛 작은 새를 가리켰습니다.

그러자 시종이 말했습니다.

"이럴 수가! 저 새가 틀림없느냐? 저렇게 작고 평범하며 보잘것없는 새라고는 상상조차 하지 못했다. 너무 많은 사람들에게 둘러싸여 색을 잃은 모양이구나."

어린 소녀는 목소리를 높이며 소리쳤습니다.

"귀여운 나이팅게일아! 우리의 가장 은혜로우신 황제께서 네가 그 앞에 나타나 노래하기를 바라신단다."

나이팅게일이 말했습니다.

"대단한 영광입니다."

나이팅게일은 기뻐하며 아름다운 소리로 노래를 불렀고 모두들 기뻐했습니다.

시종이 말했습니다.

"작은 유리 방울이 굴러가는 소리 같구나. 어떻게 그 작은 목청이 그리도 아름답게 울리는지 신기하구나. 지금까지 한 번도 듣지 못했다는 사실이 참으로 놀랍다. 분명 궁궐에 가면 큰 보배가 될 게야."

"황제 폐하 앞에서 한 번 더 노래를 부를까요?"

황제가 와 계신다고 생각한 나이팅게일이 물었습니다.

"작고 훌륭한 새로구나! 오늘 저녁에 너를 궁궐의 연회에 데려가게 되어서 큰 영광이구나. 그곳에서 너의 매력적인 노랫소리로 황제 폐하의 커다란 은총을 받게 될 것이다."

시종이 말했습니다.

"제 노래는 푸른 숲속에서 불러야 가장 아름답게 들린답니다."

나이팅게일은 그렇게 말은 했지만 황제의 소원이라는 말을 듣고는 기쁜 마음으로 궁궐로 향했습니다.

궁궐은 행사를 위해 우아하게 꾸며졌습니다. 도자기로 된 벽과 바닥은 천여 개의 등불로 빛이 났습니다. 작은 은방울이 달려 있는 아름다운 꽃들은 복도에 서 있었습니다. 이리저리 뛰어다니는 사람들과 스쳐 가는 바람 때문에 은방울이 너무나 크게 울려서 사람들의 말소리를 들을 수 없을 정도였습니다.

넓은 홀 한가운데에 황제가 앉아 있었고, 그 옆으로 나이팅게일이 앉을 수 있도록 황금 횃대가 놓여 있었습니다. 궁중의 모든 신하들이 참석했고, 황실 부엌에서 일하게 된 소녀 역시 문 옆에 서 있어도 좋다는 허락을 받았습니다. 이윽고 황제가 나이팅게일이 노래를 시작하도록 고개를 끄덕였을 때, 정복을 차려입은 모든 신하들의 시선이 작은 회색빛 새에게로 향했습니다.

나이팅게일의 노랫소리가 얼마나 아름다운지 황제의 눈에 눈물이 고이더니 뺨으로 흘러내렸습니다. 나이팅게일이 더욱 아름답게 노래하자 황제는 깊은 감동을 받았습니다. 왜냐하면 나이팅게일의 노래는 모든 사람의 심금을 울렸기 때문입니다.

황제는 너무나 기쁜 나머지 나이팅게일의 목에 황금 슬리퍼를 걸어 주라고 명령했습니다. 하지만 나이팅게일은 이미 충분히 상을 받았다며 정중하게 폐하의 호의를 거절했습니다.

"전 폐하가 흘리는 귀중한 눈물을 보았습니다. 폐하의 눈물은 경이로운 힘을 가지고 있습니다. 그 눈물이 제게는 충분한 영광이었습니다. 제게 그보다 귀한 선물을 없습니다."

나이팅게일이 말했습니다.

그러고 나서 전보다 더 달콤하고 고운 목소리로 황홀하게 노래를 불렀습니다.

"나이팅게일의 노래는 사랑스러운 선물이야."

궁중의 귀부인들이 말했습니다. 그리고 자신이 나이팅게일이라도 되는 것처럼, 입 안에 물을 머금은 채 갈갈거리며 말을 했습니다. 또한 여간해서 기뻐하지 않는 하인과 신하들도 만족감을 표했습니다. 나이팅게일의 궁궐 방문은 대단히 성공적이었습니다.

나이팅게일은 궁궐에 살면서 자신만의 새장을 갖게 되었습니다. 그리고 낮에는 두 번, 밤에는 한 번, 자유롭게 밖으로 나갈 수 있었습니다. 외출할 경우에는 열두 명의 하인이 나이팅게일을 돌보도록 임명되었습니다. 하인들은 각자 나이팅게일의 다리에 비단 끈을 묶고 동행했습니다. 이렇게 날아다니는 것은 확실히 즐겁지 않았습니다.

신기한 나이팅게일에 관한 소문으로 온 도시가 떠들썩했습니다. 도시 사람들은 경이로운 새에 대해서 말했습니다. 두 사람이 만나면 한 사람은 "나이팅" 다른 사람은 "게일"이라고 대답했습니다. 그것만으로도 무슨 뜻인지 다 통했기 때문에 그 밖에 다른 말은 할 필요가 없었습니다. 열한 명의 상인들은 아이들의 이름을 '나이팅게일'이라고 지었습니다. 하지만 그들 중 어느 누구도 나이팅게일처럼 노래를 부를 수는 없었습니다.

그러던 어느 날, 황제는 '나이팅게일'이라고 쓰여 있는 커다란 소포를 받았습니다.

"이건 분명히 우리의 유명한 나이팅게일에 관한 새로운 책이겠지."

황제가 말했습니다.

하지만 그것은 책이 아니라 살아 있는 것처럼 만들어진 장식품 나이팅게일이었습니다. 그리고 다이아몬드와 루비, 사파이어로 장식되어 있었습니다. 모형 나이팅게일의 태엽을 감아 주면, 실제 새처럼 노래할 수 있었고, 은빛과 금빛으로 반짝이는 꼬리는 위아래로 움직이며 박자를 맞췄습니다. 목에 두른 리본에는 다음과 같이 적혀 있었습니다.

'일본 천황의 나이팅게일은 중국 황제의 나이팅게일과 비교하면 형편없습니다.'

모형 나이팅게일을 본 모든 사람들은 외쳤습니다.

"이 새는 정말로 아름다워."

모형 새를 가져온 사람은 '황실에 최고의 나이팅게일을 가져온 사람'이라는 직함을 얻었습니다.

"이제 두 나이팅게일을 함께 노래하게 하세요. 그러면 정말로 환상적인 이중창이 될 겁니다."

궁궐의 신하들이 말했습니다.

두 마리의 나이팅게일이 함께 노래를 불렀습니다. 그러나 그들의 노랫소리는 전혀 어우러지지 않았습니다. 왜냐하면 진짜 나이팅게일은 자신만의 방식으로 자유롭게 노래했으나, 가짜 나이팅게일은 기계적으로 왈

츠만 반복해서 불렀기 때문입니다.

"모형 나이팅게일이 잘못한 게 아닙니다. 제 생각에는 완벽합니다."

궁중 악장이 말했습니다.

그런 후 가짜 나이팅게일은 혼자서 노래를 불렀습니다. 진짜 나이팅게일이 노래할 때처럼 사람들은 감동을 받았습니다. 게다가 보기에도 훨씬 더 예뻐 보였습니다. 가짜 나이팅게일은 팔찌와 브로치로 장식되어 화려하게 빛났기 때문입니다.

가짜 나이팅게일은 서른세 번이나 똑같은 곡조를 지치지도 않고 불렀습니다. 사람들은 계속해서 노래를 들을 수 있어 행복했습니다. 그러나 황제는 살아 있는 나이팅게일의 노래를 들어 봐야겠다고 생각했습니다. 하지만 진짜 나이팅게일의 모습은 보이지 않았습니다. 나이팅게일은 열린 창문 밖으로 나가 자신만의 푸른 숲으로 돌아갔습니다. 그러나 그 사실을 눈치챈 사람은 아무도 없었습니다.

"대체 어찌 된 일이냐!"

황제가 소리쳤습니다.

얼마 후 나이팅게일이 날아간 게 알려졌습니다.

모든 궁궐의 신하들은 나이팅게일을 비난했고 은혜를 모르는 새라며 욕했습니다.

"하지만 우리에게는 세상에서 가장 아름다운 새가 있으니 정말 다행입니다."

신하들이 말했습니다.

가짜 나이팅게일이 다시 노래를 부르기 시작했습니다. 비록 서른네 번째 똑같은 노래였지만 너무 어려워 아무도 따라 부르지 못했습니다. 궁정 악장은 가짜 나이팅게일을 최고라며 칭찬했습니다. 심지어는 다이아몬드가 박힌 아름다운 겉모습뿐만 아니라 음악적 재능 또한 진짜 나이팅게일보다 좋다고 주장했습니다.

"황제 폐하께서 아시다시피 우리는 진짜 나이팅게일이 무슨 노래를 부르는지 전혀 알 수 없었지만, 이 나이팅게일은 모든 것이 완벽하게 정해져 있습니다. 이 새장은 열어 볼 수 있기 때문에 톱니바퀴가 어떻게 맞물리는지 알 수 있고, 왈츠곡이 어떻게 구성되어 있고, 한 음이 또 다른 음을 왜 따라가는지도 이해할 수 있을 것입니다."

"그것이 바로 저희가 생각하는 바입니다."

궁중 사람들 모두 입을 모아 말했습니다.

궁정 악장은 돌아오는 일요일에 백성들에게 가짜 나이팅게일을 보여줘도 된다는 허락을 받았습니다. 황제는 백성들도 노랫소리를 들을 자격이 있다고 말했습니다.

가짜 나이팅게일의 노래를 들은 사람들은 흥분했습니다. 하지만 그것은 중국의 관습인 차를 마실 때와 비슷했습니다. 백성들은 손가락을 치켜세웠으며 고개를 끄덕이고 탄성을 질렀습니다. 그러나 진짜 나이팅게일의 노랫소리를 들은 적이 있는 가난한 어부만 다르게 말했습니다.

"저 노랫소리도 꽤 좋군. 그런데 멜로디가 모두 똑같잖아. 꼬집어 말할 수는 없지만 뭔가 부족한 게 있는 것 같아."

이런 일이 있은 후 진짜 나이팅게일은 황제의 궁궐에서 쫓겨났습니다. 가짜 나이팅게일은 황제의 침대 곁에 놓인 비단 방을 차지했습니다. 주변에는 사람들로부터 받은 황금과 보석으로 둘러싸였으며, 더 나아가 '황제 경대 위에 있는 작은 수석 가수'라는 직함을 갖게 되었습니다. 그리고 황제의 왼편에 앉는 영광을 누렸습니다. 황제는 심장이 있는 왼쪽을 가장 고귀한 것으로 여겼기 때문에 왼편에 앉는 것은 최고의 대우였습니다.

궁정 악장은 가짜 나이팅게일에 대한 책을 스물다섯 권이나 썼습니다. 그 책은 아주 학문적이며, 매우 길고 가장 어려운 중국말로 가득 차 있었습니다. 그러나 우둔하다며 바보 취급을 받거나 곤장을 맞을까 두려웠던 사람들은 모두 책의 내용을 이해한다고 말했습니다.

그렇게 1년의 시간이 지나갔습니다. 황제와 신하, 그리고 백성들은 모두 가짜 나이팅게일의 노래를 완벽하게 외워 부를 수 있었습니다. 노래를 부를 때 가짜 나이팅게일의 작은 변화까지도 알게 되었습니다. 그만큼 가짜 나이팅게일을 좋아했습니다. 그들은 혼자서도 가짜 나이팅게일의 노래를 부를 수 있었습니다. 길거리에 돌아다니는 아이들도 "지지지! 꼬꼬꼬!" 노래를 불렀고, 황제도 똑같이 따라 불렀습니다. 정말로 행복한 날들이었습니다.

그러던 어느 날 밤, 황제가 침대에 누워 가짜 나이팅게일의 노랫소리를 경청하고 있을 때, 가짜 나이팅게일의 몸 안에서 우지직 무언가 터지는 소리가 났습니다. 곧이어 스프링이 튀어나왔고 모든 톱니바퀴들이 거친 소리를 내며 돌더니 이내 노랫소리가 멈추었습니다.

황제는 침대에서 벌떡 일어나 의사를 불렀습니다. 하지만 의사가 무엇을 할 수 있겠습니까? 사람들은 다시 시계공을 불렀습니다. 시계공은 한

참 동안 검사를 한 후에 그럭저럭 고쳐 놓았습니다. 하지만 아주 조심스럽게 다루어야 한다고 했습니다. 톱니바퀴가 많이 닳아 새로 교체하지 않으면 더 이상 노랫소리를 들을 수 없다고 했습니다.

이제 가짜 나이팅게일의 노래는 1년에 한 번만 들을 수 있도록 허락되었습니다. 그것은 정말 슬픈 일이었습니다. 사실 1년에 한 번 노래하는 것도 위험한 일이었습니다. 그런데도 궁정 악장은 어려운 말로 연설을 하더니 이전과 다름없다고 허풍을 떨었습니다. 물론 아무도 그의 말에 토를 달지 않았습니다.

그로부터 5년의 시간이 흘렀습니다. 그사이 큰 슬픔이 나라에 닥쳐왔습니다. 황제의 건강이 나빠진 것입니다. 백성들은 정말로 황제를 좋아했습니다. 그러나 황제는 살아날 가망이 없어 보였습니다. 이미 새로운 황제가 정해졌습니다. 길거리에 있던 사람들은 시종장에게 황제의 건강이 어떤지 물었습니다. 하지만 시종장은 "흥!" 하며 고개를 가로저었습니다.

황제는 싸늘하고 창백한 채로 침내에 누워 있었습니다. 모든 궁중 신하들은 황제가 죽었다고 생각해 새로운 황제에게 경의를 표하기 위해 서둘러 방을 나갔습니다. 시종들은 황급히 소식을 전했고, 젊은 하녀들은 친구들과 모여 차를 마시며 새로운 황제에 대해 이야기를 나누었습니다.

황제에게 발소리가 들리지 않도록 방과 복도에 두꺼운 천을 깔았습니다. 사방이 쥐 죽은 듯이 고요했습니다. 비록 황제는 긴 벨벳 커튼과 황금 장식이 달린 호화로운 침대 위에 창백하고 뻣뻣하게 누워 있었지만 아직 죽은 것은 아니었습니다. 창문은 열려 있었고, 달빛이 들어와 황제와 가짜 나이팅게일을 환하게 비췄습니다.

불쌍한 황제는 숨도 잘 쉬지 못했습니다. 가슴 위에 무거운 무언가가 앉아 있는 듯했습니다. 눈을 떠 보니 죽음의 신이었습니다.

죽음의 신은 황제의 황금 왕관을 쓰고, 한 손에는 황제의 황금 칼을 들고, 다른 손에는 황제의 아름다운 깃발을 들고 있었습니다. 침대 주변 곳곳에서 긴 벨벳 커튼 사이로 낯선 얼굴들이 황제를 훔쳐보고 있었습니다. 어떤 얼굴은 추해 보이고, 어떤 얼굴은 사랑스럽고 상냥해 보였습니다. 이 모두는 지금까지 황제가 행했던 좋은 일과 나쁜 일의 형상이었습니다.

"당신은 이 일이 기억납니까?"

"당신은 저 일이 생각납니까?"

얼굴들은 차례로 물었습니다. 옛일을 떠올리는 황제의 이마에서 식은 땀이 흘렀습니다.

"나는 그것에 대해 전혀 모르겠소."

황제가 소리를 질렀습니다.

"음악, 음악! 크게 북소리를 울려라! 그들이 하는 소리를 내가 들을 수 없도록!"

황제는 절규했습니다. 그러나 얼굴들은 질문을 멈추지 않았습니다. 죽음의 신은 그들이 하는 모든 말에 고개를 끄덕였습니다.

황제는 소리쳤습니다.

"음악! 음악을 연주해라! 작고 소중한 황금새야! 노래를 불러라. 제발 노래를 불러 다오! 내가 너에게 금과 값비싼 선물을 주었잖니. 네 목에 황금 슬리퍼까지 걸어 주었잖니. 그러니 제발 날 위해 노래를 불러 다오!"

하지만 새는 조용히 있었습니다. 태엽을 감아 주는 사람이 아무도 없었기 때문에 한 소절도 노래를 부를 수 없었습니다. 죽음의 신은 차갑고 퀭한 눈을 한 황제를 계속해서 노려보았습니다. 주변은 대단히 고요했습니다.

그때 갑자기 열려진 창문 사이로 달콤한 노랫소리가 들려왔습니다. 나뭇가지 위에는 진짜 나이팅게일이 앉아 있었습니다. 황제의 병환 소식을 들은 나이팅게일이 희망과 위안의 노래를 불러 주기 위해 멀리서 날아왔던 것입니다.

나이팅게일이 노래를 부르자 어둠의 그림자가 점점 옅어졌습니다. 황제의 심장 박동이 빨라지고 몸에서도 피가 돌기 시작했습니다. 황제의 약해진 팔다리에 생명을 불어넣어 주었습니다. 죽음의 신마저 나이팅게일의 노랫소리에 귀를 기울이며 말했습니다.

"계속 노래를 불러라. 작은 나이팅게일아. 계속 노래를 불러라."

그러자 나이팅게일이 말했습니다.

"저에게 황제의 황금 칼과 깃발과 금관을 주시겠어요? 그러면 기꺼이 계속해서 노래를 부르지요."

죽음의 신은 나이팅게일이 노래를 할 때마다 하나하나 보물을 내주었습니다. 그리고 나이팅게일은 계속 노래를 불렀습니다.

나이팅게일은 하얀 장미가 자라고, 오래된 나무들이 산들바람에 신선한 향기를 내뿜고, 살아 있는 자들이 흘린 눈물로 싱그럽고 향긋한 풀이 자라는 조용한 교회의 묘지에 대해 노래했습니다. 그러자 죽음의 신은 자신이 있던 묘지의 정원이 보고 싶었습니다. 그래서 하얀 안개가 떠도는 창문 사이로 빠져나갔습니다.

"고맙구나. 정말 고마워. 천사 같은 작은 새야. 나는 널 기억하노라. 내가 너를 왕국에서 쫓아냈었지. 그럼에도 너는 내 침대에서 노래를 불러 악령의 얼굴들을 몰아내 주었구나. 너의 달콤한 노래로 죽음의 신을 내 심장에서 쫓아내 주었구나. 이 은혜를 어떻게 갚으면 좋겠느냐?"

나이팅게일이 말했습니다.

"폐하께서는 이미 저에게 보상을 해 주셨습니다. 제가 처음으로 폐하께 노래를 불러 드렸을 때 폐하의 눈에서 흘렀던 눈물을 결코 잊을 수가 없습니다. 눈물은 노래하는 자의 마음을 기쁘게 만드는 보석입니다. 제가 다시 노래를 불러 드릴 테니, 지금은 편히 주무시고 얼른 다시 기운을 회복하세요."

나이팅게일이 노래를 부르자 황제는 달콤한 잠 속으로 빠져들었습니다. 그 잠은 정말로 편안하고 상쾌했습니다.

황제가 기운을 차리고 회복되어 잠에서 깨어났을 때, 환한 햇살이 창문 사이로 밝게 비췄습니다. 하지만 신하들은 단 한 명도 돌아오지 않았습니다. 그들 모두 황제가 죽었다고 믿었습니다. 나이팅게일만이 여전히 황제의 곁에서 노래를 부르고 있었습니다.

"영원히 내 옆에 있어 다오. 네가 노래를 부르고 싶을 때에만 노래를 불러도 좋다. 나는 가짜 나이팅게일을 산산조각 내 버릴 것이다."

황제가 말하였습니다.

"아니에요. 그러지 마세요. 저 새는 할 수 있는 최선을 다했습니다. 그 새를 계속 이곳에 두세요. 저는 궁궐에서 살 수 없습니다. 하지만 제가 오고 싶을 때 찾을 수 있게 허락해 주신다면, 저녁마다 폐하의 창가에 있는 나뭇가지에 앉아 있을 겁니다. 그리고 폐하께 노래를 불러 드리겠습니다. 그러면 폐하는 행복과 기쁨으로 가득 찬 생각을 하게 되실 거예요. 저는 행복한 사람들과 고통 받는 사람들에 대해 노래하겠습니다. 그리고 폐하 주변에 숨어 있는 선과 악에 대해서도 노래하겠습니다. 황제와 궁궐로부터 멀리 있는 어부의 집이나 농부의 오두막집까지 날아가 그들의 이야기를 노래로 불러 드리겠습니다. 저는 폐하의 왕관보다 마음을 더 사랑합니다. 왕관에는 항상 두려운 힘이 따라다닙니다. 저는 다시 올 거예요. 저는 폐하께 다시 노래를 불러 드릴 거예요. 폐하께서는 저에게 한 가지만 약속해 주시면 됩니다."

나이팅게일이 말했습니다.

"무엇이든지!"

옷을 차려입은 황제는 무거운 황금 칼을 든 손을 가슴에 대며 일어섰습니다.

"저는 오직 한 가지만 부탁을 드립니다. 폐하께 모든 것을 말해 주는 작은 새가 있다는 사실을 아무에게도 알리지 마세요. 그것을 비밀로 하는 게 가장 좋을 거예요."

나이팅게일은 말을 마치고 멀리 날아갔습니다.

신하들은 죽은 황제를 보기 위해 침실로 들어왔습니다. 순간 신하들은 너무 놀라 얼음처럼 멈춰 섰습니다. 황제는 신하들에게 인사를 건넸습니다.

"좋은 아침이구나."

황제는 웃으며 말했습니다.

장난감 병정

옛날 옛적에 스물다섯 명의 장난감 병정이 있었습니다. 신하들은 낡은 양철 숟가락으로 만들어진 형제들이었습니다. 그들은 장총을 어깨에 메고 앞을 똑바로 쳐다보는 자세로, 빨갛고 파란 근사한 제복을 입고 있었습니다. 상자 뚜껑이 열리면서 병정들은 세상의 첫 소리를 들었습니다.

"장난감 병정이다!"

생일날 상자 뚜껑이 열릴 때 작은 소년이 기쁨에 겨워 손뼉을 치며 외친 소리였습니다. 소년은 즉시 병정들을 탁자 위에 나란히 세워 놓았습니다.

모든 병정들은 비슷한 모습이었습니다. 다만, 마지막에 만들어진 병정 하나만 약간 달라 보였습니다. 온전한 모양을 만들기에 양철이 부족했던지 그 병정은 하나의 다리만 갖게 되었습니다. 하지만 마지막 병정은 다른 모든 병정들이 두 다리로 서 있는 것처럼 한 다리로 꿋꿋하게 서 있었습니다. 우리가 지금 예상하다시피 이 마지막 병정은 우리를 깜짝 놀라게 할 병정이 될 것입니다.

병정들과 더불어 탁자 위에는 많은 장난감이 있었습니다. 눈길을 끄는 한 가지는 두꺼운 마분지로 만든 멋진 성이었습니다. 그 성에는 안을 들여다볼 수 있는 작은 창문이 있었습니다.

성 앞에는 조그만 거울로 만든 호수가 있었습니다. 그리고 그 주변을 작은 나무들이 둘러싸고 있었습니다. 호수 위에는 밀랍으로 만든 백조들이 떠다녔습니다. 이 모든 것은 매우 아름다웠습니다. 그러나 모든 것들 중에서 가장 아름다운 것은 성의 열린 출입문 앞에 서 있는 작은 무용수 아가씨였습니다. 비록 그녀는 종이 인형이었지만 가볍고 투명한 천으로 만들어진 옷을 입고 있었습니다. 스카프 대신 얇은 파란색 리본이 어깨 위로 우아하게 둘러져 있었습니다. 그리고 리본 한가운데에는 그녀의 얼굴만큼 반짝이는 장식 조각이 빛나고 있었습니다. 작은 아가씨는 발레 무용수라서 두 팔을 쭉 펼치고 있었습니다. 그리고 한 다리는 그녀의 뒤로 높이 들려 있어 외다리 병정은 전혀 볼 수 없었습니다. 그래서 그녀도 자기처럼 다리를 하나만 가지고 있다고 생각했습니다.

'저 무용수 아가씨는 나를 위한 아내가 될 거야. 하지만 그녀는 위엄 있어 보여. 그녀는 성에 살고 있는데, 나는 스물다섯 명이 함께 나눠 쓰고 있는 상자 속에서 지내고 있으니 말이야. 저 작은 무용수 아가씨와 나는 어울리지 않아. 하지만 나는 그녀에게 어울리는 사람이 되기 위해 노력해야 해.'

외다리 병정은 여전히 차렷 자세로, 서 있을 때만큼이나 탁자 위에 있는 코담배 통 뒤에 꼿꼿하게 누워 있었습니다. 그곳에서 앙증맞게 작은 무용수 아가씨를 감탄하며 황홀하게 바라보았습니다. 그 무용수 아가씨는 균형을 잃지 않고 한 다리로 계속 서 있었습니다.

저녁이 되었을 때 다른 병정들은 상자 속에 담겼고, 그 집 사람들도 잠자리에 들었습니다. 이제 장난감들은 자기들끼리 놀러 다니고, 싸움을 벌이고, 무도회를 열며 놀기 시작했습니다. 장난감 병정들은 상자 속에서 달그락거리며 몸을 움직였습니다. 왜냐하면 그들 또한 놀고 싶었지만 뚜껑을 열 수 없었기 때문입니다.

호두까기 인형은 공중제비를 하며 재주를 부렸고, 분필은 석판 위에 끽끽 소리를 내며 농담의 글을 썼습니다. 장난감들이 매우 큰 소리로 떠드는 바람에 카나리아까지 일어나 일장 연설을 늘어놓으며 재잘거렸습니다. 꼼짝 않고 있었던 유일한 둘은 외다리 병정과 작은 무용수 아가씨였습니다. 한 다리로 변함없이 꼿꼿하게 서 있는 병정처럼 무용수 아가씨도 발끝 하나 틀어지지 않은 채 팔을 곧게 뻗고 있었습니다. 외다리 병정은 단 한 번도 그녀에게서 눈을 떼지 않았습니다.

그때 시계가 12시를 알렸습니다. 그리고 갑자기 '펑!' 하면서 코담배 통의 뚜껑이 열렸습니다. 하지만 그 속에서는 코담배 대신 시커먼 도깨비 인형이 튀어나왔습니다.

그는 말했습니다.

"이봐, 외다리 병정아. 다른 사람에게는 눈길 주지 마!"

외다리 병정은 아무 소리도 못 들은 척했습니다.

도깨비가 소리쳤습니다.

"좋아, 내일 두고 보자고."

아침이 되자 아이들은 일어났고, 외다리 병정을 창문 틀 위에 올려놓았습니다. 그리고 도깨비의 장난인지 아니면 갑자기 바람이 불어온 탓인지, 창문이 홱 열리면서 외다리 병정은 3층에서 곤두박질해 떨어지고 말았습니다. 그는 순식간에 머리가 땅에 박히고, 그의 총검은 포장 돌 틈새에 꽂혔습니다. 병정의 한쪽 다리가 허공으로 쭉 뻗었습니다.

가정부와 어린 소년은 병정을 찾으러 뛰어갔습니다. 그들은 병정을 밟을 뻔했지만, 결국 병정을 보지 못하고 바로 옆을 지나쳐 걸어갔습니다. 병정이 "나 여기 있어요!"라고 외쳤더라면 그들은 분명히 병정을 찾을 수 있었을 겁니다. 그러나 병정은 군복을 입고서 큰 소리를 외치는 것은 신분에 어긋난 일이라고 생각했습니다.

얼마 지나지 않아 비가 내리기 시작했습니다. 빗방울은 점점 더 세차게 떨어져 마침내 양동이로 들이붓듯이 쏟아졌습니다. 비가 그치자마자 장난꾸러기 사내아이 두 명이 나왔습니다.

그들 중 한 명이 말했습니다.

"야, 이것 좀 봐! 여기에 장난감 병정이 있어. 이 병정을 배에 태워서 바다에 보내자!"

두 아이는 종이로 배를 만들어서 배 한가운데에 병정을 똑바로 세웠습니다. 병정을 태운 배가 도랑으로 떠내려가자 아이들은 병정과 나란히 뛰면서 박수를 쳤습니다.

많은 비가 내리고 난 뒤라 도랑물은 심하게 출렁거렸고, 물살도 엄청나게 빨랐습니다. 종이배는 심하게 요동쳤고, 때로는 매우 빠르게 이리저리 빙빙 돌아서 병사의 머리도 핑핑 돌았습니다. 그런데도 병사는 이전처럼 꼿꼿하게 서 있었습니다. 단 한 번도 움찔하지 않았고, 여전히 그의 눈은 앞을 똑바로 응시하며 어깨에는 총을 메고 있었습니다.

갑자기 종이배가 널빤지로 덮인 배수로 아래로 빠르게 빨려 들어갔습니다. 그곳은 예전에 살던 병정의 상자만큼 어두웠습니다.

외다리 병정은 생각했습니다.

'나는 어디로 가고 있는 걸까? 이렇게 된 것은 그 검은 도깨비의 복수가 틀림없어. 작은 무용수 아가씨가 나와 함께 있다면 여기보다 두 배나 어둡다고 해도 상관없을 텐데.'

바로 그때 배수로 널빤지 밑에 살고 있던 커다란 시궁쥐 한 마리가 불쑥 튀어나왔습니다.

시궁쥐가 말했습니다.

"너 통행권 가지고 있니? 이리 줘 봐."

장난감 병정은 조용히 입을 다문 채 손에 힘을 주어 장총을 더 꽉 쥐었습니다. 계속해서 종이배는 빠르게 떠내려갔습니다. 시궁쥐는 이를 부득부득 갈며 바로 뒤를 따라왔습니다. 시궁쥐는 막대기와 지푸라기를 향해 큰 소리로 외쳤습니다.

"저놈을 세워! 저놈을 멈추게 해! 그는 통행권도 보여 주지 않았어!"

물살은 점점 더 거세졌습니다. 저 앞 배수구가 끝나는 곳에 밝은 빛이 보였습니다. 하지만 병정은 아무리 용감한 사람도 깜짝 놀라게 할 거센 물소리를 들었습니다. 멈춰야 돼! 널빤지로 덮인 배수로 끝에서 그 물은 커다란 운하로 쏟아져 들어갔습니다. 사람이 배를 타고 폭포에 빠지면 위험한 것처럼 그 상황은 장난감 병정에게도 위험했습니다.

하지만 병정은 그곳에 너무 가까이 와서 멈출 수 없었습니다. 종이배는 소용돌이 속으로 쏙 빠져 들어갔습니다. 불쌍한 장난감 병정은 가능한 꼿꼿이 서 있었습니다. 병정은 눈을 한 번 깜박였다는 말조차 듣고 싶지 않았습니다. 배가 서너 번 빙글빙글 돌더니 물이 배 안까지 가득 들어찼습니다.

결국 종이배는 가라앉기 시작했습니다. 물은 장난감 병정의 목까지 차올랐고, 종이배는 흐물흐물해졌습니다. 배는 점점 더 깊숙이 가라앉고 있었습니다. 그때 물이 장난감 병정의 머리까지 덮쳤습니다. 그 순간 병정은 다시는 보지 못할 예쁘고 작은 무용수 아가씨를 떠올렸습니다. 장난감 병정의 귓가에 아주아주 오래된 노랫소리가 맴돌았습니다.

잘 가세요. 용감한 전사여!
아무도 죽음의 신으로부터 당신을 구해 줄 수가 없네요.

종이배는 찢기어 갈라지면서 장난감 병정은 밑으로 가라앉았습니다. 바로 그 순간, 매우 큰 물고기가 장난감 병정을 한입에 삼켜 버렸습니다.

이럴 수가! 고기 배 속은 캄캄했습니다. 그곳은 배수구보다도 훨씬 어둡고 아주 비좁았습니다. 하지만 외다리 병정은 어깨에 총을 멘 채 여전히 꿋꿋하게 서 있었습니다. 물고기는 갑자기 아주 요상하게 발버둥을 쳤습니다. 이윽고 물고기는 잠잠해졌습니다. 얼마 후 번개가 치는 것처럼 밝은 빛줄기가 쏟아져 들어왔습니다. 외다리 병정은 다시 햇빛을 보았습니다. 그리고 누군가가 말하는 소리를 들었습니다.

"장난감 병정이다!"

장난감 병정을 삼켰던 물고기는 어부에게 잡혀 시장으로 팔려 나간 다음, 이 집 부엌으로 오게 되었습니다. 그 부엌에서 요리사가 커다란 칼로 배를 갈랐습니다. 요리사는 두 손가락으로 병정을 집어 들고 거실로 갔습니다.

모두들 물고기 배 속에서 여기저기 여행했던 신기한 여행자를 보고 싶어 했습니다. 그러나 장난감 병정은 그것을 자랑스러워하지 않았습니다. 그들은 장난감 병정을 탁자 위에 올려놓았습니다.

그런데 어찌된 일일까요! 정말로 신기하고 놀라운 일이 일어났습니다. 외다리 병정은 다시 예전에 있던 방으로 돌아온 것입니다. 아이들도, 탁자 위의 장난감도, 예쁘고 작은 무용수 아가씨도, 멋진 성도 그대로였습니다. 무용수 아가씨는 여전히 다른 쪽 다리는 높이 쳐든 채 한 다리로 균형을 잡고 서 있었습니다. 외다리 병정만큼이나 꿋꿋한 모습이었습니다.

장난감 병정은 그 모습에 깊은 감동을 받아 눈물이 나려 했지만 꾹 참았습니다. 병정들은 절대로 울지 않았기 때문입니다. 병정은 무용수 아가씨를 보았고 무용수 아가씨 또한 병정을 보았습니다. 하지만 둘은 아무 말도 하지 않았습니다. 상황이 순조롭게 진행되던 찰나, 어린 소년들 중 한 명이 외다리 병정을 낚아채서 난로 속으로 던져 버렸습니다. 그 소년은 아무 이유 없이 그렇게 했습니다. 코담배 통에 있던 검은 도깨비가 그렇게 하도록 한 것이 틀림없었습니다.

장난감 병정은 불꽃에 휩싸였습니다. 병정은 끔찍한 열기를 느꼈습니다. 그 열기가 불꽃에서 왔는지 아니면 사랑에서 왔는지 알 수 없었습니다. 병정은 화려한 제복의 색깔을 잃었지만, 그 또한 힘든 여행 때문인지 슬픔 때문인지 알 수 없었습니다.

장난감 병정은 작은 무용수 아가씨를 보았습니다. 무용수 아가씨도 병정을 보았습니다. 병정은 자신이 녹아내리는 걸 느꼈습니다. 하지만 그는 여전히 장총을 어깨 위에 멘 채로 꼿꼿하게 서 있었습니다.

그때 세찬 바람에 문이 열리면서 한 줄기의 바람이 무용수 아가씨에게 불어닥쳤습니다. 무용수 아가씨는 공기의 요정처럼 병정이 있는 불길 속으로 곧장 날아 들어가, 순식간에 불길에 휩싸여 사라져 버렸습니다. 장난감 병정 역시 완전히 녹아 뭉개졌습니다.

다음 날, 하녀가 재를 가지러 왔을 때 그녀는 양철로 만들어진 작은 심장 모양 조각을 발견했습니다. 예쁜 무용수 아가씨가 남긴 것은 작은 금속 장식품이었는데, 그 장식품은 석탄처럼 검은색으로 그을려 있었습니다.

안데르센의 삶이 고스란히 녹아든
따뜻하고 아름다운 상상 동화집, 겨울 왕국!

눈의 여왕

〈눈의 여왕〉은 1844년 12월 5일에 쓰기 시작하여 8일 만인 12월 12일에 완성한 작품으로 오랫동안 고민하지 않고 쉽게 썼다고 한다. 서사시처럼 펼쳐지는 전개와 상징적 표현이 잘 나타난 깊이 있는 작품이다. 안데르센은 전래 동화의 특징인 운명적 시각으로 이야기를 시작한다.

〈눈의 여왕〉은 일곱 가지 이야기를 통해 소녀 게르다가 소년 카이를 구하는 모험을 그리고 있다. 마주 보는 다락방에 이웃해 살고 있는 카이와 게르다는 나무 상자로 만든 지붕 위 꽃밭에서 할머니가 들려주는 이야기를 들으며 논다. 겨울이 찾아오면 꽃밭이 얼어붙기 때문에 아이들은 집 안으로 들어와 유리창에 만들어진 눈꽃 모양을 바라보며 논다.

그러던 어느 날, 이 목가적인 풍경 위로 매혹적이고 사악한 눈의 여왕이 빠르게 지나가면서 카이를 자신의 성으로 데려간다. 바로 여기서부터 소녀 게르다의 모험이 시작된다. 게르다가 카이를 찾아가는 과정에서 계절과 장소는 물론 등장인물과 배경도 여러 번 바뀐다. 그리고 이것들은 세세하게 묘사되어 이야기에 흥미를 더한다.

카이의 행동 변화는 어른들 세계에 눈을 뜨면서 설렘과 두려움에 빠지는 혼란스러운 사춘기를 묘사함과 동시에 책 속의 지식이 삶의 소용돌이 속에서는 아무 소용없다는 깨달음을 그려 내기도 한다. 카이는 어른이 되어 가지만 아직 소녀 게르다는 아이에 머물러 있다. 때문에 게르다의 순수함으로 카이를 구해 낸다는 것이 이 이야기의 중심축이다. 〈눈의 여왕〉은 묘사가 풍부하고 이야기 속의 반전이 매우 흥미진진해서 안데르센이 선과 악의 대립으로 다시 돌아오는 결말 부분에 이르러서야 이야기의 중심 구조가 명백해진다.

눈의 여왕이 사는 성은 텅 빈 방과 휘몰아치며 퍼붓는 눈으로 만든 벽, 그리고 살을 에이는 듯한 찬바람으로 된 창문으로 둘러싸여 있었다. 이 험난한 곳에서 게르다는 카이를 구하려 한다. 그리고 그 싸움에서 사랑의 힘으로 '눈의 여왕'을 이긴다.

카이의 가슴에 떨어진 게르다의 눈물이 카이의 언 심장을 녹인다. 눈물을 흘리는 카이의 눈에서 씻겨 나온 유리 조각들은 기쁨에 춤을 추며 '영원'이라는 글자를 만들어 내고, 카이와 게르다는 자유의 몸이 된다. 이 표현에서 안데르센은 '사랑은 모든 것을 극복하며 이성과 지성에만 의지해 사는 삶은 초라하고 비참해지며 진실은 다름 아닌 마음속에 있다는 것을 보여 준다.'고 하였다.

그레이엄 그린(Graham Green, 1904~1991, 영국 소설가)은 〈눈의 여

왕〉에서 따온 이미지를 이용해 자신의 예술적 심성을 정의한 적이 있다. 그는 자신에게 소설가의 초연함을 부여한 것이 가슴속에 박힌 얼음 조각이라고 말했다. 안데르센에게는 이러한 냉담함이 없었으며, 대개는 작품과 자신을 전혀 분리시키지 못했다고 하였다.

다른 작품에서는 어린 시절 기억을 많이 가미했던 것과는 달리 〈눈의 여왕〉은 안데르센의 자전적 요소를 가장 적게 이야기한 작품으로 평가받고 있다.

인어공주

〈인어공주〉는 《어린이를 위한 동화: 첫 번째 모음집》(1837)에 실려 큰 성공을 거둔 작품으로 안데르센에게 동화 작가로서의 명성을 얻게 했다.

〈인어공주〉는 물의 요정이 인간 남자와 결혼해서 영혼을 얻는다는 내용을 담고 있는 독일 시인 푸케의 《운디네》에서 영향을 받아 창작한 동화이다. 영원한 사랑과 행복을 꿈꾸는 주인공은 비록 아름답고 화려한 바다의 왕궁에 살지만 갈 수 없는 인간 세상에 대한 동경을 막내 인어공주를 통해 보여 준다.

〈인어공주〉 이야기를 가지고 여러 가지 해석이 있다. 그중 하나는 '인어공주'가 안데르센 자신이라는 것이다. 인어공주가 사는 '바닷속'은 안데르센이 태어난 하층민 사회를 그리고, 왕자가 사는 '위쪽 세상'은 덴마크의 상류 사회를 의미한다. 안데르센은 동화 작가로 성공하기까지 상류 사회를 갈망하며, 자신이 얻고자 하는 자리를 얻기 위해 이야기 속의 막내 인어공주가 겪는 고통과 시련을 겪게 된다.

가장 사랑스러운 막내 인어공주는 난파된 배에서 왕자를 구출하고 그를 사랑하게 된다. 인어공주는 인간의 사랑을 얻으면 영원한 영혼을 가질 수 있다는 이야기를 듣고 마녀를 찾아가 부탁한다. 마녀 덕분에 꼬리가 사람의 다리로 바뀌는 대신, 인어공주는 아름다운 목소리를 잃는다. 하지만 왕자는 인어공주 대신 이웃 나라 공주를 신부로 맞이한다. 결국 인어공주는 바다에 몸을 던진다.

인어공주의 이루지 못한 사랑을 높이 평가하는 이유는 '자기희생'이라는 착한 마음씨라 할 수 있다. 영속적인 여성의 사랑이 남성의 변심과 맞닥뜨리는 비극은 시대를 초월하는 이야기다. 인어공주가 왕자의 사랑을 얻어 결혼하고 싶어 하는 것처럼 사회적 약자가 짝사랑의 주인공이 되어 자신의 열정을 표현할 수 없어 고통스러워하는 모습은 오늘날에도 강한 호소력을 지닌다.

백조왕자

〈백조왕자〉 이야기는 마디아스 빈데르가 1823년에 펴낸 덴마크 전래 동화집에 들어 있다. 안데르센은 이 이야기를 읽고 자신만의 것으로 새로 창조하기 위해 공을 들인다. 안데르센 동화에서 백조는 자신의 모습을 투영하는 대상으로 여긴다. 순수하고 고상하면서도 성실한 자아의 상징인 것이다. 전래 동화는 사악한 새 왕비의 마법에 걸려 백조가 왕자들의 마법을 풀어 주기 위해 오랫동안 고생하는 공주 엘리자에 대한 이야기다.

어린 공주는 손에 물집이 잡히는데도 쐐기풀로 열한 벌의 옷을 짜야 한다. 옷을 던져 주면 백조들의 저주가 풀려 다시 왕자로 돌아갈 수 있기 때문이다. 옷을 다 만들 때까지 공주는 말을 해서는 안 된다. 공주는 이웃 나라 왕의 사랑을 받아 그와 결혼하게 된다. 하지만 왕은 공주가 마녀라고 주장하는 대주교의 말에 설득당한다. 공주는 화형을 선고받지만 자신을 변호하기 위해 입을 열 수도 없다. 그때 하늘에서 백조들이 날아오고 공주는 쐐기풀 옷을 그들에게 던진다. 쐐기풀을 미처 다 짜지 못해 막내 왕자는 한쪽 팔에 날개가 그대로 남아 있지만, 백조들은 모두 왕자의 모습으로 되돌아오고 공주의 결백도 밝혀져 축복 속에 다시 왕궁으로 돌아온다.

파란만장한 위기와 무시무시한 공포에 맞서 자신을 희생하는 여성상이 등장하는 〈백조왕자〉는 안데르센이 늘 매력을 느꼈던 〈인어공주〉의 요소와 많이 닮았다. 안데르센은 전해 내려오는 백조 이야기에 새로운 요소를 덧붙였다.

〈백조왕자〉는 작고 세밀한 것에 대한 독특한 애정이 엿보이는 것은 물론 왕자와 공주의 사이를 유난히 친근한 관계로 발전시켰다. 또한 본질적으로 이교도적인 이야기에 기독교적 사상을 덧칠하여 잔인한 면을 희석시켰다는 점이다. 안데르센의 이야기에는 사악한 왕비가 화형에 처해지는 독일의 작가 '그림 형제' 동화의 결말이 사라지는 대신 기독교적인 계시와 용서의 이미지가 등장한다. 이것은 바로 빅토리아 왕조 시대의 사람들에게 그토록 사랑받은 이유이다. 감상적이면서 교훈적인 내용으로 도덕성을 가미하여 안데르센만의 동화를 만들어 냈다.

나이팅게일

〈나이팅게일〉은 안데르센의 걸작 중 하나로 중국 황제의 궁궐을 배경으로 하고 있다. 이야기 속에서 자연과 인공의 대립을 보여 준다. 인공적인 것은 자연을 모방한 것에 불과하며, 자연에서 나오는 힘은 죽음도 이기는 힘이 있다는 것을 모조품 나이팅게일과 살아 있는 나이팅게일을 대비시켜 분명하게 보여 준다.

1840년대 안데르센은 오페라 가수 '예니'를 만나 사랑에 빠지고 스웨덴 최고의 가수이던 '예니 린드'에 대한 찬사로 〈나이팅게일〉을 지었다. 예니는 순수하고 꾸밈없는 목소리로 당대의 사람들에게 깊은 감동을 주었다. 안데르센은 예니를 진짜 나이팅게일로 간주하고, 기교를 부렸던 당대 다른 가수들을 만들어진 모조품 나이팅게일로 대비시켜 순수한 목소리의 소유자인 예니를 찬양한 것이다.

화려하고 아름다운 궁전과 두 마리 새의 경쟁, 그리고 죽음의 위협을 둘러싼 이야기가 전개될 때, 인위성을 누르는 자연의 위력과 놀라운 변화를 일으키는 예술의 속성은 어린 시절 안데르센이 들었던 옛날이야기에서 원초적 이미지를 가져와 더욱 설득력을 발휘한다. 죽어 가는 사람을 데리러 온 죽음의 신을 해골로 의인화한 것이나, 죽음의 신이 달아나자 왕관을 되찾는 장면이 그 예이다. 다시 살아난 왕의 짧은 한마디로 끝을 낸 결말에서도 해학이 드러나며, 이야기의 무대가 된 중국에 대한 섬세한 묘사 등은 작품의 분위기를 끝까지 끌고 가 이야기에 몰입하게 만든다.

안데르센은 덴마크 코펜하겐에 있는 티볼리 공원에서 영감을 얻어 하루 만에 〈나이팅게일〉 이야기를 끝냈다고 수첩에 적어 놓았다. 1843년 개장한 이 공원은 동양풍의 분위기로 가득 차 있었고, 이곳을 찾았던 안데르센은 같은 해 10월 12일에 중국 이야기 〈나이팅게일〉을 끝낸다.

장난감 병정

〈장난감 병정〉의 모티프는 전래 동화에서 따온 것이 아니라, 그의 상상력에서 나온 첫 번째 이야기이다. 안데르센 동화 중에서 처음으로 무생물이 주인공으로 등장하는 작품이다. 세속적인 성공에 둘러싸인 채 활발한 사교 모임과 여행으로 이어지는 삶을 즐기고 있던 당시에 〈장난감 병정〉을 집필했다.

다리가 하나밖에 없는 주인공 외다리 병정을 통해 풍사적인 자화상을 나타냈으며, 시궁쥐에게 쫓기는 부분은 안데르센 자신이 여행 중에 겪었던 악몽을 기이하게 재현해 놓은 것이다.

〈장난감 병정〉은 안데르센이 해학적이고 정교하게 그려 낸 걸작이다.

안데르센 시대의 사람들은 외다리 병정에게 용기와 위로를 얻었다. 외다리 병정은 19세기 스토아학파의 가치관인 금욕적인 인내와 감정을 잘 보여 주었기 때문이다. 외다리 병정이 운명을 순수하게 받아들이는 태도, 사랑하는 이에 대한 일편단심, 그리고 혼자 떨어져 외발로 서 있는 소외감 등에 안데르센은 자신의 실제 실제 삶도 잘 녹여 냈다.*

---

*재키 울슐라거, 전선화 옮김,《안데르센 평전》, 미래 M&B, 2006

작가 연보

1805년 덴마크 오덴세에서 구두 수선공의 외아들로 태어났다. 한스 크리스티안 안데르센의 이름은 세례를 받을 때, 붙여진 이름이다.

1807년 안데르센 가족이 가난한 수공업자 거리에 자리를 잡는다.

1816년 아버지가 병환으로 돌아가신 후 가정 형편은 더욱 어려워졌다.

1818년 코펜하겐 왕립 극단이 오덴세로 순회공연을 왔을 때 오페레타 〈신데렐라〉의 단역을 맡게 된다. 7월에는 어머니 안네 마리가 연하의 구두 수선공인 닐스 유르겐센 군데르센과 재혼한다.

1819년 연극배우의 꿈을 품고 코펜하겐으로 갔으나, 변성기 이후 목소리가 탁해지면서 꿈을 접어야 했다. 더구나 가난 때문에 교육을 받지 못한 안데르센의 연극 대본은 극단주로부터 반송되었다.

1820년 안데르센은 왕립 극단의 발레 학교에 들어간다.

1821년 발레 〈아르미다〉에서 난장이 트롤역을 맡는다.

1822년 무용 학교와 성악 학교에서 제적되고, 왕립 극단에서도 해고되었다. 왕립 극단의 단장인 콜린의 도움으로 국왕 후원금을 받고 슬라겔세로 가서 문법 학교에서 공부할 기회를 얻는다.

1824년 시험에 떨어져 3학년을 1년 더 다니게 된다.

1825년 안데르센은 또 다른 형식의 창작 활동인 일기를 쓰기 시작한다.

1826년 자신을 생명이 꺼져 가는 아이로 생각하며 〈죽어가는 아이〉라는 시를 쓴다.

1827년 코펜하겐으로 이사한다.

1828년 9월 대학 입학시험에 합격 후, 코펜하겐 대학교에 입학한다.

1829년 젊은 시인이 도시의 거리에서 겪는 모험담인 첫 저서 《도보여행기》를 출간한다. 또한 첫 번째 시집 《시》를 크리스마스에 출간한다.

1831년 하이네풍의 사랑 시집 《환상과 스케치》를 펴낸다. 5월에는 독일로 여행을 떠난다. 6월에 덴마크로 돌아와 9월에 《그림자 그림》을 발표한다.

1833년 새로운 시집 《그 해 열두 달》을 출간한다. 왕실 기금을 지원 받아 2년간 독일, 프랑스, 이탈리아 여행을 한다. 이탈리아 여행 중에 어머니의 죽음을 알리는 편지를 받는다.

1834년 상상 속 고향 이탈리아를 무대로 자신이 꿈꾸는 삶을 그린 자전적 소설 중 첫 번째 작품《즉흥시인》으로 문학계의 호평을 받는다.

1835년 본격적인 동화 집필에 들어간다.

1837년 여러 번 고친 〈인어공주〉를 완성한다. 〈엄지공주〉와 〈벌거벗은 임금님〉이 출간된다. 11월에는 〈가여운 바이올린 연주자〉를 출간한다. 6월 이후 〈장난감 병정〉을, 8월에는 〈백조왕자〉를 쓰기 시작한다.

1838년 코펜하겐에서 가장 호화로운 노르 호텔에 머물면서 흑인 노예에 대한 이야기 〈뮬라토〉를 쓰기 시작한다. 스웨덴과 독일에서 안데르센의 동화가 번역되어 출간된다.

1839년 〈하늘을 나는 가방〉 〈천국의 정원〉 〈황새〉를 발표한다.

1842년 여행기《어느 시인의 시장》이 출간된다.

1843년 11월에 〈미운 오리 새끼〉 〈팽이와 공〉 〈나이팅게일〉 〈천사〉를 수록한《새로운 동화》를 출간한다.

1844년 당대의 예술인들이 모여들었던 독일의 작은 도시 바이마르에 머무른다. 12월 5일에는 〈눈의 여왕〉을 집필하기 시작한다.

1845년 소설 《즉흥시인》이 영어와 러시아어로 번역된다. 11월에는 〈성냥팔이 소녀〉를 집필한다.

1846년 〈그림자〉를 쓰기 시작한다.

1851년 스웨덴 여행을 다녀온 후 《스웨덴의 풍경》을 출간한다.

1852년 《단편들》이라는 새로운 이야기책을 출간한다.

1855년 자서전 《내 인생의 동화》가 출간된다.

1858년 〈늙은 참나무의 마지막 꿈〉 〈늪의 대왕의 딸〉을 출간한다.

1862년 스페인으로 여행을 떠났다. 이듬해에 《스페인 기행》을 완성한다.

1867년 국왕의 명으로 명예 참사관이 된다. 로렌츠 프뢸리크가 삽화를 그린 동화집이 큰 호응을 얻는다. 12월에 고향 오덴세를 방문한다.

1872년 〈치통 아줌마〉를 끝낸다. 〈벼룩과 교수님〉 〈절름발이〉와 가을에는 마지막 작품 〈늙은 요하나의 이야기〉를 쓴다.

1875년 70세의 나이로 세상을 떠났다.

옮긴이 **임헌관**
단국대학교에서 영어영문학을 전공했다. 영문학에 대한 풍부한 지식과 교양을 바탕으로 번역과 관련 분야 강사 활동을 꾸준히 해 왔다.

겨울 왕국 안데르센 단편선

개정1쇄 펴낸날 2019년 11월 29일
개정2쇄 펴낸날 2021년 1월 30일

지은이 한스 크리스티안 안데르센
옮긴이 임헌관
펴낸이 장영재
펴낸곳 (주)미르북컴퍼니
자회사 더클래식
전 화 02)3141-4421
팩 스 02)3141-4428
등 록 2012년 3월 16일(제313-2012-81호)
수 소 서울시 마포구 성미산로32길 12, 2층 (우 03983)
E-mail sanhonjinju@naver.com
카 페 cafe.naver.com/mirbookcompany

더클래식

세계문학 컬렉션

1 | **노인과 바다** | **어니스트 헤밍웨이**

1953년 퓰리처상 수상작 / 1954년 노벨문학상 수상작 / 미국대학위원회 선정 SAT 추천도서

2 | **동물 농장** | **조지 오웰**

미국대학위원회 선정 SAT 추천도서 / 〈타임〉지 선정 현대 100대 영문소설
한국 문인이 선호하는 세계명작소설 100선 / 서울시 교육청 추천도서
논술 및 수능에 출제된 책(1998~2005)

3 | **어린 왕자** | **앙투안 드 생텍쥐페리**

전 세계 1억 부 이상 판매 기록 / 16개국 언어로 번역

4 | **사람은 무엇으로 사는가(톨스토이 단편선 1)** | **레프 니콜라예비치 톨스토이**

영어권 문학가들이 가장 좋아하는 작가 / 전 세계 거의 모든 언어로 번역된 필독서

5 | **검은 고양이(포 단편선)** | **에드거 앨런 포**

포 최고의 미스터리 세계를 보여 준 호러 문학의 걸작

6 | **예언자** | **칼릴 지브란**

'현대의 성서'로 불리는 책

7 | **젊은 베르테르의 슬픔** | **요한 볼프강 폰 괴테**

세기의 철학가와 문인들의 찬사를 받은 대표작

8 | **독일인의 사랑** | **프리드리히 막스 뮐러**

잊히지 않는 낭만적 사랑의 향기 / 독일 낭만주의 시인 막스 뮐러의 유일 순수문학 작품

9 | **이방인** | **알베르 카뮈**

노벨 연구소 선정 최고의 세계문학 100선 / 1957년 노벨문학상 수상작
대한민국 명사 101인의 대표 추천작 / 연세대학교 필독도서 / 미국대학위원회 선정 SAT 추천도서
〈타임〉지 선정 세상을 움직인 책 100권

10 | **데미안** | **헤르만 헤세**

노벨문학상 수상 작가 / 20세기 일대 센세이션을 일으킨 성장 소설의 고전
서울시 교육청 추천도서

11 | 그리스인 조르바 | 니코스 카잔차키스
미국대학위원회 선정 SAT 추천도서 / 한국간행물윤리위원회 선정추천도서
한국출판인회의 출판인이 선정한 100권의 도서

12 | 위대한 개츠비 | 프랜시스 스콧 피츠제럴드
〈타임〉지 선정 현대 100대 영문소설 / 어니스트 헤밍웨이가 인정한 완벽한 일급 작품
20세기 100대 영문소설 1위 / 미국대학위원회 선정 SAT 추천도서 / 뉴욕 공립도서관 추천도서
대한민국 명사 101인의 대표 추천작 / WTO 북클럽 추천도서

13 | 도리언 그레이의 초상 | 오스카 와일드
미국대학위원회 고교 추천도서 101 / 대한민국 명사 101의 대표 추천작

14 | 벨 아미 | 기 드 모파상
모파상의 가장 매력적이고 파격적인 작품 / 19세기 파리를 뒤흔든 파격 스캔들
2012년 개봉한 영화 〈벨 아미〉 원작

15 | 이상한 나라의 앨리스 | 루이스 캐럴
난센스와 판타지의 대표작 / 아카데미 '미술상' 수상한 영화의 원작
19세기 가장 유명한 영국 아동문학 작가

16 | 두 도시 이야기 | 찰스 디킨스
영국이 낳은 가장 위대한 소설가 / 영화 〈다크나이트〉의 모티프
미국대학위원회 선정 SAT 추천도서 / 서울시 교육청 선정 청소년 필독도서

17 | 햄릿 | 윌리엄 셰익스피어
대한민국 명사 101인의 대표 추천작 / 서울대학교 권장도서 100선 / 서울대학교 동서고전 200선
연세대학교 필독도서 / 미국대학위원회 선정 SAT 추천도서 / 국립중앙도서관 선정 청소년 권장도서

18 | 오페라의 유령 | 가스통 르루
4대 뮤지컬 〈오페라의 유령〉 원작 소설 / 프랑스 최고 추리소설 작가

19 | 1984 | 조지 오웰
〈타임〉지 선정 세상을 움직인 책 100권 / 〈텔레그라프〉지 완벽한 도서관을 위한 권장도서 100
세계 3대 디스토피아 미래 소설 / 〈가디언〉지 권장도서 / 뉴욕 공립도서관 추천도서
하버드 대학생이 가장 많이 산 책 1위

20 | 수레바퀴 아래서 | 헤르만 헤세
대한민국 명사 101인의 대표 추천작 / 헤르만 헤세의 사춘기 시절 경험을 바탕으로 한 자전적 소설
노벨문학상 수상 작가/ 국립중앙도서관 선정 청소년 권장도서

21 22 23 | 안나 카레니나 1~3 | 레프 니콜라예비치 톨스토이
톨스토이 생애 최고의 리얼리즘 소설 / 서울대학교 권장도서 100선 / 서울대학교 동서고전 200선
연세대학교 필독도서 / 미국대학위원회 선정 SAT 추천도서 / 오프라 윈프리 북클럽 권장도서
논술 및 수능에 출제된 책(1998~2005)

24 | 오즈의 마법사 1 – 오즈의 위대한 마법사 | 라이먼 프랭크 바움
미국대학위원회 선정 SAT 추천도서 / 연세대학교 필독도서 / 국립중앙도서관 선정 우수 번역서

25 | 리어 왕 | 윌리엄 셰익스피어
대한민국 명사 101인의 대표 추천작 / 서울대학교 권장도서 100선 / 연세대학교 필독도서
미국대학위원회 선정 SAT 추천도서 / 〈가디언〉지 권장도서 / 세인트존스 대학교 권장도서
논술 및 수능에 출제된 책(1998~2005)

26 27 28 29 30 | 레 미제라블 1~5 | 빅토르 위고
저명한 문학비평가들이 극찬한 세기의 걸작 / WTO 북클럽 추천도서
2013년 개봉한 영화 〈레 미제라블〉의 원작 / 전자책 베스트셀러 1위(2013)

31 | 월든 | 헨리 데이비드 소로
미국대학위원회 고교추천도서 101 / 미국대학위원회 선정 SAT 추천도서

32 | 겨울 왕국(안데르센 단편선 1) | 한스 크리스티안 안데르센
어린이문학에 꽃을 피운 불멸의 작가 / 세계를 움직인 100권의 책 선정
노벨 연구소 선정 세계 100대 문학 작품

33 | 오만과 편견 | 제인 오스틴
서울대학교 동서고전 200선 / 연세대학교 필독도서 / 세인트존스 대학교 권장도서
〈텔레그라프〉지 완벽한 도서관을 위한 권장도서 100 / 〈가디언〉지 권장도서
미국대학위원회 선정 SAT 추천도서 / 국립중앙도서관 선정 청소년 권장도서

34 | 로미오와 줄리엣 | 윌리엄 셰익스피어
서울대학교 동서고전 200선 / 미국대학위원회 선정 SAT 추천도서
칼리지보드 선정 고교생 필독서 101권

35 | 바람이 분다 | 호리 다쓰오
미야자키 하야오의 애니메이션 영화 〈바람이 분다〉 원작

36 | 맥베스 | 윌리엄 셰익스피어
서울대학교 권장도서 100선 / 연세대학교 필독도서 / 미국대학위원회 선정 SAT 추천도서
국립중앙도서관 선정 청소년 권장도서

37 | 신곡 – 인페르노(지옥) | 단테 알리기에리
서울대학교 권장도서 100선 / 국립중앙도서관 선정 청소년 권장도서
미국대학위원회 선정 SAT 추천도서 / 〈뉴스위크〉지 선정 100대 명저

38 | 외투 · 코(고골 단편선) | 니콜라이 바실리예비치 고골
러시아 사실주의 문학의 지평을 연 작품

39 | 인간 실격 | 다자이 오사무
교육과학기술부 산하 사단법인 한국교육지원회 선정 아침독서 10분 운동 필독서
영화 평론가 이동진 추천도서

40 | 마지막 잎새(오 헨리 단편선) | 오 헨리
서울대학교 · 연세대학교 추천도서 / 서울시 교육청 추천도서
EBS 주최 북퀴즈 왕 선발 추천도서

57 | 주홍색 연구(셜록 홈스 시리즈 1) | 아서 코난 도일
영국 BBC 제작, KBS 방영 〈셜록〉의 원작 / 대한민국 대표 추리 소설가 백휴의 작품해설 수록

58 | 네 개의 서명(셜록 홈스 시리즈 2) | 아서 코난 도일
영국 BBC 제작, KBS 방영 〈셜록〉의 원작 / 대한민국 대표 추리 소설가 백휴의 작품해설 수록

59 | 배스커빌 가의 개(셜록 홈스 시리즈 3) | 아서 코난 도일
영국 BBC 제작, KBS 방영 〈셜록〉의 원작 / 대한민국 대표 추리 소설가 백휴의 작품해설 수록

60 | 공포의 계곡(셜록 홈스 시리즈 4) | 아서 코난 도일
영국 BBC 제작, KBS 방영 〈셜록〉의 원작 / 대한민국 대표 추리 소설가 백휴의 작품해설 수록

61 | 페스트 | 알베르 카뮈
노벨문학상 수상 작가 / 1947년 프랑스 비평가상 수상 / 서울대학교 권장도서 100선

62 | 무기여 잘 있거라 | 어니스트 헤밍웨이
노벨문학상 수상 작가 / 〈타임〉지가 뽑은 20세기 최고의 문학 100선
미국 대학 위원회 선정 SAT 추천 도서 / 서울대학교 권장도서 200선

63 | 야간 비행 | 앙투안 드 생텍쥐페리
1931년 페미나 문학상 수상 / 작가의 경험이 들어간 직업 소설

64 | 톰 소여의 모험 | 마크 트웨인
미국 현대문학의 효시 마크 트웨인의 대표작 / 일본 후지TV 애니메이션 〈톰 소여의 모험〉 원작

65 | 프랑켄슈타인 | 메리 셸리
오늘날 SF소설의 선구 / 과학기술이 야기하는 사회적, 윤리적 문제를 다룬 최초의 소설

66 | 마음 | 나쓰메 소세키
서울대 권장도서 100선 / 일본의 셰익스피어 나쓰메 소세키의 대표작

67 | 노예 12년 | 솔로몬 노섭
2014 아카데미 시상식 3관왕 〈노예 12년〉 원작 / 노예 해방의 도화선이 된 작품

68 | 성냥팔이 소녀(안데르센 단편선 2) | 한스 크리스티안 안데르센
SBS 드라마 〈신의 선물-14일〉 메인 테마 도서 / 어린이문학에 꽃을 피운 불멸의 작가

69 70 | 제인 에어 1~2 | 샬럿 브론테
150년간 사랑받은 로맨스 소설의 고전 / 미국 대학위원회 선정 SAT 추천도서
영국 〈가디언〉이 선정한 세계 100대 최고의 소설 / 연세대학교 권장도서
영국 BBC 조사 영국인들이 가장 사랑하는 소설 100선 / 현대 여성들이 가장 사랑하는 필독서

71 | 예수의 생애 | 찰스 디킨스
2014년 개봉 〈선 오브 갓〉 원작 / 종교철학자 헤겔의 사상을 만든 고전
대문호 찰스 디킨스의 숨은 명작

72 | 싯다르타 | 헤르만 헤세
대한민국 명사 시인 장석남이 강력 추천한 작품 / 출간과 동시에 10만 부가 넘게 팔린 역작
진정한 자아를 깨닫기 위해 늘 고민하던 헤르만 헤세의 자전적 소설

73 | 신곡-연옥 | 단테 알리기에리
서울대 권장도서 100선 / 미국대학위원회 선정 SAT 추천도서
국립중앙박물관 선정 청소년 권장도서 / 〈뉴스위크〉 선정 100대 명저

74 75 | 테스 1~2 | 토머스 하디
미국 영국 BBC 선정 영국인이 사랑한 책 100선 / 서울대 추천 고등학생 권장도서 100선

76 | 신데렐라(샤를 페로 단편선) | 샤를 페로
프랑스 아동 문학의 아버지 / 영화 〈말레피센트〉원작

77 | 미녀와 야수(보몽 단편선) | 잔 마리 르 프랭스 드 보몽
변신 모티프의 전형을 완성 / 미야자키 하야오와 디즈니 애니메이션 원작

78 79 80 | 웃는 남자 1~3 | 빅토르 위고
빅토르 위고가 최고로 자부한 걸작 / 출간 당시 전 유럽을 충격에 빠트린 문제작
뮤지컬, 영화 등 여러 매체로 알려진 〈웃는 남자〉의 원작
한국간행물윤리위원회 선정 청소년 권장도서(2007)

81 | 마담 보바리 | 귀스타브 플로베르
사실주의 문학의 거장 귀스타브 플로베르의 대표작 / 서울대학교 추천 도서 100선
외설적이라는 이유로 19세기 교황청 금서목록에 선정된 작품 / 〈뉴스위크〉지 선정 100대 명저

82 | 별(도데 단편선 1) | 알퐁스 도데
자연주의와 인상주의의 절묘한 조화 / 서정적인 감수성과 아름다운 문체
부산시 교육청 선정 중학생 권장도서 / 포스코 교육재단 선정 중학생 필독도서

83 | 보이첵(뷔히너 단편선) | 게오르그 뷔히너
세계 최초로 한국에서 뮤지컬화 된 〈보이첵〉의 원작
시대를 폭로하는 천재 작가의 현실감 넘치는 작품

84 | 오셀로 | 윌리엄 셰익스피어
셰익스피어 4대 비극 중 하나 / 〈뉴스위크〉 선정 100대 명저 / 서울대학교 권장도서 100선

85 | 변신(카프카 단편선) | 프란츠 카프카
소외된 인간이었던 작가의 갈등과 고독을 반영 / 서울대 추천도서 100선 / 명사 101명이 추천한 파워클래식

86 | 피노키오 | 카를로 콜로디
월트 디즈니 인생 최고의 애니메이션으로 재탄생
스티븐 스필버그 감독의 2001년작 〈A.I.〉의 모티브 / 260개 언어로 번역된 교훈적 내용

87 | 세상을 보는 지혜 | 발타자르 그라시안 · 쇼펜하우어
세기를 아우르는 저명한 철학자가 쓰고 철학자가 옮긴 대표적인 작품
세상을 살아가는 데 꼭 필요한 빛나는 지혜를 전수해 주는 인생 처세서

88 | 마지막 수업(도데 단편선 2) | 알퐁스 도데
중・고등학교 국어 교과서 수록 작품 / 교육청 선정 청소년 권장도서 100선

89 | 키다리 아저씨 | 진 웹스터
출간 이래 100년 동안 사랑받아 온 스테디셀러 / 세상의 편견을 뛰어넘은, 편지 형식 소설의 대명사

90 | 키다리 아저씨 2 —그 후 이야기 | 진 웹스터
미국・일본・한국에서 2차 창작된 작품의 속편 / 여성의 대외 활동을 고양시킨 사회적 걸작

91 92 93 | 피터 래빗 이야기 1~3 | 베아트릭스 포터
세상에서 가장 사랑받는 토끼 이야기 / 자연 보호와 동물 존중 사상이 담긴 작품

94 95 | 드라큘라 1~2 | 브램 스토커
지금까지 가장 많은 동명의 영화로 제작된 고딕 소설의 대명사
2004년 뮤지컬로 만들어져 브로드웨이 초연 이후 세계 각국에서 사랑 받아온 작품

96 97 98 99 | 카라마조프가의 형제들 1~4 | 표도르 도스토옙스키
신・종교, 삶・죽음, 사랑・욕망 등 인간 내면의 본성의 문제를 다룬 작품
정신분석학자 프로이트가 꼽은 세계문학사 3대 걸작 중 하나

100 | 하늘과 바람과 별과 시 | 윤동주 (양승갑 영작)
요절한 천재 민족 시인의 유고시집 / 대중성과 문학성을 겸비한 시인 김경주 추천작

101 | 정글북 | 러디어드 키플링
영미권 작품 최초, 최연소 노벨문학상 수상작 / 정글의 생명력을 담은 자연친화적 작품
가의 아버지 존 록우드 키플링이 직접 그린 삽화 및 기타 삽화가들 그림 삽입

102 | 거울나라의 앨리스 | 루이스 캐럴
난센스와 판타지의 대표작 《이상한 나라의 앨리스》 속편
거울 속으로 떠난 앨리스의 두 번째 모험 이야기

103 | 마테오 팔코네(메리메 단편선) | 프로스페르 메리메
프랑스 단편소설의 거장 메리메의 대표 단편선 / 비제의 오페라 〈카르멘〉의 원작자

104 | 빨강머리 앤 | 루시 모드 몽고메리
캐나다의 대표적인 소설가 몽고메리의 데뷔작 / 서울시 교육청 선정 청소년 권장도서
KBS TV '책을 말하다' 추천도서 / 일본 후지 TV 애니메이션 〈빨강머리 앤〉 원작

105 | 삶이 그대를 속일지라도(푸시킨 시선집) | 알렉산드르 푸시킨
러시아 리얼리즘 문학의 선구자이자 러시아 국민시인 푸시킨의 대표 시선집

106 | 도련님 | 나쓰메 소세키
일본의 셰익스피어 나쓰메 소세키를 인기 작가 반열에 올린 작품
'책으로 따뜻한 세상 만드는 교사들(책따세)' 권장도서
서울시 교육청 '청소년을 위한 고전 콘서트' 도서 / 서울대학교 지정 수능필독도서

107 | 은하철도의 밤(겐지 단편선) | 미야자와 겐지

일본이 가장 사랑하는 동화작가 미야자와 겐지의 대표 단편선
일본 후지 TV 애니메이션 〈은하철도 999〉의 모티브

108 | 자기만의 방 | 버지니아 울프

20세기 페미니즘 비평의 선구자 버지니아 울프의 수필집
국립중앙도서관 선정 권장도서 / 서강대학교 권장도서 100선

109 | 플랜더스의 개(위다 단편선) | 위다(매리 루이스 드 라 라메)

멜로 드라마풍의 작품으로 유명한 영국의 아동문학가
서울시 교육청 선정 청소년 권장도서 / 일본 후지 TV 애니메이션 〈플랜더스의 개〉 원작

110 | 크리스마스 캐럴 | 찰스 디킨스

셰익스피어와 함께 영국을 대표하는 작가 찰스 디킨스의 중편소설
책으로 따뜻한 세상 만드는 교사들(책따세)' 권장도서

111 | 탈무드

5000년에 걸친 유대인의 지혜가 담긴 책 / 서울대학교 지정 수능필독도서
포스코 교육재단 선정 초등학교 필독도서 / 경북교육청 선정 청소년 권장도서
백인제기념도서관 교양도서

112 | 호두까기 인형 | 에른스트 호프만

1892년 차이코프스키 발레 호두까기인형의 원작소설
2018 디즈니 애니메이션 호두까기 인형과 4개의 왕국의 원작소설

113 114 | 곰돌이 푸 1~2 | 앨런 알렉산더 밀른

2018 영화 '곰돌이 푸 다시만나 행복해' 원작 동화 / 곰돌이 푸가 건네는 따뜻한 감성 메시지

115 | 인형의 집 | 헨릭 입센

여성 평등을 그린 선구자적인 작품 / 페미니즘 희곡의 대명사 / 노벨연구소 선정 세계 100대 문학

* 더클래식 세계문학 컬렉션은 계속 출간될 예정입니다.